同题散文经典

陈子善 蔡翔 ◎ 编

养花
看花

老舍 朱自清 等 ◎ 著

人民文学出版社

图书在版编目(CIP)数据

养花　看花/老舍等著；陈子善，蔡翔编．
—北京：人民文学出版社，2017(2024.10 重印)
（同题散文经典）
ISBN 978-7-02-012584-5

Ⅰ.①养…　Ⅱ.①老…　②陈…　③蔡…　Ⅲ.①散文集
-中国-现代②散文集-中国-当代　Ⅳ.①I266

中国版本图书馆 CIP 数据核字(2017)第 068841 号

责任编辑：卜艳冰　张玉贞
封面设计：汪佳诗

出版发行　人民文学出版社
社　　址　北京市朝内大街 166 号
邮政编码　100705

印　　刷　山东新华印务有限公司
经　　销　全国新华书店等

开　　本　890 毫米×1240 毫米　1/32
印　　张　7
插　　页　2
字　　数　148 千字
版　　次　2007 年 7 月北京第 1 版
印　　次　2024 年 10 月第 4 次印刷

书　　号　978-7-02-012584-5
定　　价　39.00 元

如有印装质量问题,请与本社图书销售中心调换。电话:010 - 65233595

编辑例言

　　中国素来是散文大国,古之文章,已传唱千世。而至现代,散文再度勃兴,名篇佳作,亦不胜枚举。散文一体,论者尽有不同解释,但涉及风格之丰富多样,语言之精湛凝练,名家又皆首肯之。因此,在时下"图像时代"或曰"速食文化"的阅读气氛中,重读散文经典,便又有了感觉母语魅力的意义。

　　本着这样的心愿,我们对中国现当代的散文名篇进行了重新的分类编选。比如,春、夏、秋、冬,比如风、花、雪、月等等。这样的分类编选,可能会被时贤议为机械,但其好处却在于每册的内容相对集中,似乎也更方便一般读者的阅读。

　　这套丛书将分批编选出版,并冠之以不同名称。选文中一些现代作家的行文习惯和用词可能与当下的规范不一致,为尊重历史原貌,一律不予更动。考虑到丛书主要面向一般读者,选文不再注明出处。由于编选者识见有限,挂一漏万在所难免,因此,遗珠之憾也将存在。这些都只能在编选过程中逐步弥补,敬请读者诸君多多指教。

目录

花

石榴

◎郭沫若

五月过了,太阳增加了它的威力,树木都把各自的伞盖伸张了起来,不想再争妍斗艳的时候,有少数的树木却在这时开起了花来。石榴树便是这少数树木中的最可爱的一种。

石榴有梅树的枝干,有杨柳的叶片,奇崛而不枯瘠,清新而不柔媚,这风度实兼备了梅柳之长,而舍去了梅柳之短。

最可爱的是它的花,那对于炎阳的直射毫不避易的深红的花。单瓣的已够陆离,双瓣的更为华贵,那可不是夏季的心脏吗?

单那小茄形的骨朵已经就是一种奇迹了。你看,它逐渐翻红,逐渐从顶端整裂为四瓣,任你用怎样犀利的剪刀也都剪不出那样的匀称,可是谁用红玛瑙琢成了那样多的花瓶儿,而且还精巧地插上了花?

单瓣的花虽没有双瓣的豪华,但它却更有一段妙幻的演艺,红玛瑙的花瓶儿由希腊式的安普剌变为中国式的金罍,殷、周时古味盎然的一种青铜器。博古家所命名的各种锈彩,它都是具备着的。

你以为它真是盛酒的金罍吗?它会笑你呢。秋天来了,它对于自己的戏法好像忍俊不禁地,破口大笑起来,露出一口的皓齿,那样透明光嫩的皓齿你在别的地方还看见过吗?

花

　　我本来就喜欢夏天。夏天是整个宇宙向上的一个阶段，在这时使人的身心解脱尽重重的束缚。因而我更喜欢这夏天的心脏。

　　有朋友从昆明回来，说昆明石榴特别大，子粒特别丰腴，有酸甜两种，酸者味更美。

　　禁不住唾津的潜溢了。

夏天的花

◎叶灵凤

　　夏天的花,当然很多,但我在这里要说的,却不是莲花白兰一类的花,甚至不是茉莉栀子,因为这些虽然都是夏天的花,却不是在一般人家庭院里都见得到的。我在这里想说的,乃是孩子们在家里可以随手种在天井里石阶下,到了这样的夏天,就可以茂盛地开起灿烂的花来的那些草花,如凤仙、洗澡花、茑萝之类。

　　往往,孩子时代的一点园艺实践经验,都是从这些上面获得的,因为如凤仙、喇叭花这一类的草花,只要将隔年所收得的种子,随便抛在墙根下或是天井里的花坛上,不用你去照顾。到了时候,它们自然会发芽抽叶,按时按候地开起花来。就凤仙花来说,最常见的是那种浅红色单瓣的,若是偶然地种出来的是一棵大红双瓣的,甚或是红白双色的,那就高兴极了。

　　夏天的清晨,或是傍晚,在阶前小立小坐,天井里这些随手种出来的花,就成了夏天生活中的最好的点缀。在江南小城市里的生活,多是轻松闲适的,那种纯粹中国传统的瓦房,即使是极小的一个天井,地上铺了土砖,生满了青苔,也总是充满了一种幽静可爱的感觉。这时对着自己种出来的凤仙,蔓延在阶石上的洗澡花,还有凭了几根竹竿就可以攀缘上去的茑萝牵牛,都可以令你感到特别亲切。

小小的紫色洗澡花,总是在傍晚时候才盛开起来的。夏天洗完了澡,赤膊在阶前坐一下,这时往往也正是洗澡花开得最灿烂的时候。我想这大约就是它得名的原因。这种紫色喇叭形的小花,将它摘下来,小心抽去中间的那一根花蕊,放在嘴里轻轻地去吹,便能发出呜呜的响声,因此又叫喇叭花。但这种喇叭花,是与牵牛花同名异物的。

记得有一年夏天,家里住在故乡城北很冷落的一条街上,父亲好像出外谋生去了,家里就剩下继母和我们几个孩子。生活不仅过得很清苦,而且也很寂寞,我就在小小的天井里种了一些茑萝,打发了一个夏天。那时还不曾读诗,不知道用它来譬喻一个女子愿意去依附君子的那些典故,只觉得那些细小的嫣红色烛形的花,以及嫩绿的松针一样的细叶,令我特别欢喜。我为了要想知道它是怎样沿着竹竿往上爬的,往往一人在阶下枯坐很久,目不转睛地望着它,怎样也看不到它有攀动的形迹。可是睡了一觉起来,它往往已经攀高了半尺多,使我对它发生了更大的兴趣。

望春花的故事

◎柯灵

　　离开龙山，又是一度月圆。小巷寂静的生涯，已渐觉相安若素；而且俗务困人，每天被琐屑的工作缠绕，也不复再有余裕坐对幽窗，悠然作遐想。只是龙山的望春花，至今还频来相扰，使人难忘。

　　龙山山腰的宿舍，有一个小小的庭院，种着两棵高大的梧桐，三四棵矮小的黄杨，一株望春花。我迁入宿舍的时候，正是风雪连天的寒冬，梧桐早已落叶，望春花也只剩着疏落的空枝；唯有终年常青的黄杨木，还透示着几分生意。时节推移，渐渐由冬转春，气候虽已日渐暖和，大地却还沉睡未苏；第一个泄露了春讯的，就是那一树望春花。草未曾茁青，树没有抽芽，望春花却在濯濯的枝头，开起了满树银白的花蕾。宿舍里深通世故的女佣，有意无意地说："望春花开了，春天就快要来了！"

　　从那时起，不知为什么，我对这满树含苞的望春花发生了好感；而且有些为它杞忧。一天早晨，和同居的朋友在院前小立，我说："望春花开得这样早，怕等不到春事烂漫，就要零落了罢！"朋友的回答却出乎我的意外，他说："望春真是最难看的花了！枝干僵秃，有花无叶，让它零落了也好！"更出我意外的，此后他竟几次表示对望春的嫌厌。我觉得很不平，有一次对他说了这样带着讥刺的话:"放心罢,朋友! 望春花不是为你开的,它并不要你赏识啊!"朋友还说:"谁教它开在这里,让我看见呢?"我怅然,没有再开口。

每天午后,柔阳拨逗着春意,蜜蜂翅上驮着薄薄的东风,在黄杨木上纷飞。同居的伙伴们都到山麓去了,我总独自伫立院前,对望春作许久的顾盼,而且常不免为它担忧:"花开得早,自然也就谢得早,来时寂寞,去时冷落,岂不辜负了大好的春光!"——眼见望春花欣欣地开放,粉妆玉琢,洁白如雪,我越是倾心怜惜,我的隐忧也越是深切。

不幸的预想常常容易实现,望春的残葩,终于在紫槿花红出墙头,春意盎然的一天早晨,被我发现飘零在院中的草地上了。我像亲自串演了一出人间的悲剧,心头浸蚀了无名的怅惘。

我曾经决定,要为这素馨的花树写一篇童话:假定望春花是一个追求光明的少女,春天就是她理想的王国。萧杀的严冬使她发愁,料峭的风寒使她颤栗,她决定独自出发,向天涯海角寻觅春天。跋涉了无数山水,饱尝了无限苦辛,当她听见南国的燕子送来第一声呢喃,冬眠的蛰虫打了第一个呵欠,她知道自己的愿望快要达到,激动得发狂,立刻在寂寞的大地上,展开惨白的笑靥,报告了春天的消息。于是风暖了,草绿了,花开了。但春天刚来,自己却已经憔悴,在春阳温暖的怀中,做了个含泪的微笑,悄悄地离开了人间。这样一个动人的故事,我立下心愿要为望春抒写。但只恨自己才分太浅,几回铺笺,几番搁笔,我终于没有写成。

人事倥偬,如今我已离开了龙山,望春花的故事却依然频来相扰,甚至梦见她化为白衣的少女,宛转轻愁,促请我对她践约。几日以前,因事偶上龙山,便中去看看院前的望春,现在已经是绿叶成荫,迥非往日的丰姿了。我想,望春有知,对那过去的旧梦,怕也早如隔世,淡然忘却了罢?果然,那么我的心愿,这样也就算偿了!

1931 年 5 月 18 日,于古资福庵

菜花

◎孙犁

　　每年春天,去年冬季贮存下来的大白菜,都近于干枯了,做饭时,常常只用上面的一些嫩叶,根部一大块就放置在那里。一过清明节,有些菜头就会鼓胀起来,俗话叫作菜怀胎。慢慢把菜帮剥掉,里面就露出一株连在菜根上的嫩黄菜花,顶上已经布满像一堆小米粒的花蕊。把根部铲平,放在水盆里,安置在书案上,是我书房中的一种开春景观。

　　菜花,亭亭玉立,明丽自然,淡雅清净。它没有香味,因此也就没有什么异味。色彩单调,因此也就没有斑驳。平常得很,就是这种黄色。但普天之下,除去菜花,再也见不到这种黄色了。

　　今年春天,因为忙于搬家,整理书籍,没有闲情栽种一株白菜花。去年冬季,小外孙给我抱来了一个大旱萝卜,家乡叫作灯笼红。鲜红可爱,本来想把它雕刻成花篮,撒上小麦种,贮水倒挂,像童年时常做的那样。也因为杂事缠身,胡乱把它埋在一个花盆里了。一开春,它竟一枝独秀,拔出很高的茎子,开了很多的花,还招来不少蜜蜂儿。

　　这也是一种菜花。它的花,白中略带一点紫色,给人一种清冷的感觉。它的根茎俱在,营养不缺,适于放在院中。正当花开得繁盛之时,被邻家的小孩,揪得七零八落。花的神韵,人的欣赏之情,差不多完全丧失了。

今年春天风大,清明前后,接连几天,刮得天昏地暗,厨房里的光线,尤其不好。有一天,天晴朗了,我发现桌案下面,堆放着蔬菜的地方,有一株白菜花。它不是从菜心那里长出,而是从横放的菜根部长出,像一根老木头长出的直立的新枝。有些花蕾已经开放,耀眼的光明。我高兴极了,把菜帮菜根修了修,放在水盂里。

我的案头,又有一株菜花了。这是天赐之物。

家乡有句歌谣:十里菜花香。在童年,我见到的菜花,不是一株两株,也不是一亩二亩,是一望无边的。春阳照拂,春风吹动,蜂群轰鸣,一片金黄。那不是白菜花,是油菜花。花色同白菜花是一样的。

一九四六年春天,我从延安回到家乡。经过八年抗日战争,父亲已经很见衰老。见我回来了,他当然很高兴,但也很少和我交谈。有一天,他从地里回来,忽然给我说了一句待对的联语:丁香花,百头,千头,万头。他说完了,也没有叫我去对,只是笑了笑。父亲做了一辈子生意,晚年退休在家,战事期间,照顾一家大小,艰险备尝。对于自己一生挣来的家产,爱护备至,一点也不愿意耗损。那天,是看见地里的油菜长得好,心里高兴,才对我讲起对联的。我没有想到这些,对这副对联,如何对法,也没有兴趣,就只是听着,没有说什么。当时是应该趁老人高兴,和他多谈几句的。没等油菜结籽,父亲就因为劳动后受寒,得病逝世了。临终,告诉我,把一处闲宅院卖给叔父家,好办理丧事。

现在,我已衰暮,久居城市,故园如梦。面对一株菜花,忽然想起很多往事。往事又像菜花的色味,淡远虚无,不可捉摸,只能引起惆怅。

　　人的一生,无疑是个大题目。有不少人,竭尽全力,想把它撰写成一篇宏伟的文章。我只能把它写成一篇小文章,一篇像案头菜花一样的散文。菜花也是生命,凡是生命,都可以成为文章的题目。

　　　　　　　　　　1988年5月2日灯下写讫

花

◎汪曾祺

荷花

我们家每年要种两缸荷花,种荷花的藕不是吃的藕,要瘦得多,节间也长,颜色黄褐,叫作"藕秋子"。在缸底铺一层马粪,厚约半尺,把藕秋子盘在马粪上,倒进多半缸河泥,晒几天,到河泥坼裂有缝,倒两担水,将平缸沿。过个把星期,就有小荷叶嘴冒出来。过几天荷叶长大了,冒出花骨朵了。荷花开了,露出嫩黄的小莲蓬,很多很多花蕊。清香清香的。荷花好像说:"我开了"。

荷花到晚上要收朵。轻轻地合成一个大骨朵。第二天一早,又放开,荷花收了朵,就该吃晚饭了。

下雨了。雨打在荷叶上啪啪地响。雨停了,荷叶面上的雨水水银似的摇晃。一阵大风,荷叶倾倒,雨水流泻下来。

荷叶的叶面为什么不沾水呢?

荷叶粥和荷叶粉蒸肉都很好吃。

荷叶枯了。

下大雪,荷叶缸中落满了雪。

花

报春花，毋忘我

昆明报春花到处都有。圆圆的小叶子，柔软的细梗子，淡淡的紫红色的成簇的小花，由梗的两侧开得满满的，谁也不把它当作"花"。连根挖起来，种在浅盆里，能活。这就是翻译小说里常常提到的樱草。

偶然在北京的花店里看到十多盆报春花，种在青花盆里，标价相当贵，不禁失笑。昆明人如果看到，会说："这也卖？"

Forget-me-not——毋忘我，名字很有诗意，花实在并不好看。草本，矮棵，几乎是贴地而生的。抽条颇多，一丛一丛的。灰绿色的布做的似的皱皱的叶子。花甚小，附茎而开，颜色正蓝。蓝色很正，就像国画颜色中的"三蓝"。花里头像这样纯正的蓝色的还很少见，——一般蓝色的花都带点紫。

为什么西方人把这种花叫做 forget-me-not 呢？是不是思念是蓝色的？

昆明人不管他什么毋忘我，什么 forget-me-not，叫它"狗屎花"！

这叫西方的诗人知道，将谓大煞风景。

绣球

绣球，周天民编绘的《花卉画谱》上说：

绣球，虎儿草科，落叶灌木，高达一二丈，干皮带皱。叶大椭圆形，边缘有锯齿。春月开花，百朵成簇，如球状而肥大。小花五出深裂，瓣端圆，有短柄，其色有淡紫、红、白。百株成簇,俨如玉屏。

我始终没有分清绣球花的小花到底是几瓣,只觉得是分不清瓣的一个大花球。我偶尔画绣球,也是以意为之地画了很多簇在一起的花瓣,哪一瓣属于哪一朵小花,不管他!

绣球花是很好养的,不需要施肥,也不要浇水,不用修枝,也少长虫,到时候就开出一球一球很大的花,白得像雪,非常灿烂。这花是不耐细看的,只是赫然他在你眼前轻轻摇晃。

我以前看过的绣球都是白的。

我有个堂房的小姑妈——她比我才大一岁。绣球花开的时候,她就折了几大球,插在一个白瓷瓶里,她在花下面写小字。

她是订过婚的。

听说她婚后的生活很不幸,我那位姑父竟至动手打她。

前年听说,她还在,胖得不得了。

绣球花云南叫作“粉团花”。民歌里有用粉团花来形容女郎长得好看的。用粉团花来形容女孩子,别处的民歌似还没有见过。

我看过的最好的绣球是在泰山。泰山人养绣球是一种风气。一个茶馆里的院子里的石凳上放着十来盆绣球。开得极好。盆面一层厚厚的喝剩的茶叶。是不是绣球宜浇残茶?泰山盆栽的绣球花头较小,花瓣较厚,瓣作豆绿色。这样的绣球是可以细看的。

杜鹃花

淡淡的三月天,

杜鹃花开在山坡上，
杜鹃花开在小溪旁，
多美丽哦。
乡村家的小姑娘，
乡村家的小姑娘。

　　这是抗日战争期间昆明的小学生很爱唱的一首歌。董林肯词，徐守廉曲。这是一首曲调明快的抒情歌，很好听。不单小学生爱唱，中学生也爱唱，大学生也有爱唱的，因为一听就记住了。

　　董林肯和徐守廉是同济大学的学生，原来都是育才中学毕业的。育才中学是全面培养学生才能的，而且是实行天才教育的学校。学生多半有艺术修养。董林肯、徐守廉都是学工的(同济大学是工科大学)，但都对艺术有很虔诚的兴趣，因此能写词谱曲。

　　我是怎么认识他们俩的呢？因为董林肯主办了班台莱耶夫的《表》的演出，约我去给演员化妆，我到同济大学的宿舍里去见他们，认识了。那时在昆明，只要有艺术上的共同爱好，有人一介绍，就会熟起来的。

　　董林肯为什么要主持《表》的演出？我想是由于在昆明当时没有给孩子看的戏。他组织这次演出是很辛苦的，而且演戏总有些叫人头疼的事，但是还是坚持了下来。他不图什么，只是因为有一颗班台莱耶夫一样的爱孩子的心。

　　我记得这个戏的导演是劳元干。演员里我记得演监狱看守的，是刺杀孙传芳的施剑翘的弟弟，他叫施什么我已经忘记了。他是个身材魁梧的胖子。我管化妆，主要是给他贴一个大仁丹胡子。

有当时有中国秀兰·邓波儿之称的小明星,长大后曾参与搜集整理《阿诗玛》,现在写小说、散文的女作家刘绮。有一次,不知为什么,剧团内部闹了意见,戏几乎开不了场,刘绮在后台大哭。刘绮一哭,事情就解决了。

刘绮,有这回事么?

前几年我重到昆明,见到刘绮。她还能看出一点小时候的模样。不过,听说已经当了奶奶了。

不知道为什么,我有时还会想起董林肯和徐守廉。我觉得这是两个对艺术的态度极其纯真,像我前面所说的,虔诚的人。他们身上没有一点明星气、流氓气。这是两个通身都是书卷气的搞艺术的人。

> 淡淡的三月天,
> 杜鹃花开在山坡上,
> 杜鹃花开在小溪旁……

木香花

我的舅舅家有一架木香花。木香花开,我们就揪下几撮,——木香柄长,似海棠,梗带着枝,一揪,可揪下一撮,养在浅口瓶里,可经数日。

木香亦称"锦栅儿",枝条甚长。从运河的御码头上船,到快近车逻,有一段,两岸全是木香,枝条伸向河上,搭成了一个长约一里的花棚。小轮船从花棚下开过,如同仙境。

前几年我回故乡一次,说起这一段运河两岸的木香花棚,谁也不知道。我有点怀疑:我是不是做梦?

昆明木香花极多。观音寺南面,有一道水渠,渠的两沿,密密地长了木香。

　　我和朱德熙曾于大雨少歇之际,到莲花池闲步。雨下起来了,我们赶快到一个小酒馆避雨。要了两杯市酒(昆明的绿陶高杯,可容三两),一碟猪头肉,坐了很久。连日下雨,墙脚积苔甚厚。檐下的几只鸡都缩着一脚站着。天井里有很大的一棚木香花,把整个天井都盖满了。木香的花、叶、花骨朵,都被雨水湿透,都极肥壮。

　　四十年后,我写了一首诗,用一张毛边纸写成一个斗方,寄给德熙:

　　　　莲花池外少行人,野店苔痕一寸深。

　　　　浊酒一杯天过午,木香花湿雨沉沉。

　　德熙很喜欢这幅字,叫他的儿子托了托,配一个框子,挂在他的书房里。

　　德熙在美国病逝快半年了,这幅字还挂在他在北京的书房里。

1993 年 1 月 29 日

樱花赞

◎冰心

　　樱花是日本的骄傲。到日本去的人，未到之前，首先要想起樱花；到了之后，首先要谈到樱花。你若是在夏秋之间到达的，日本朋友们会很惋惜地说："你错过了樱花季节了！"你若是冬天到达的，他们会挽留你说："多待些日子，等看过樱花再走吧！"总而言之，樱花和"瑞雪灵峰"的富士山一样，成了日本的象征。

　　我看樱花，往少里说，也有几十次了。在东京的青山墓地看，上野公园看，千鸟渊看……在京都看，奈良看……雨里看，雾中看，月下看……日本到处都是樱花，有的是几百棵花树拥在一起，有的是一两棵花树在路旁水边悄然独立。春天在日本就是沉浸在弥漫的樱花气息里！

　　我的日本朋友告诉我，樱花一共有三百多种，最多的是山樱、吉野樱和八重樱。山樱和吉野樱不像桃花那样地白中透红，也不像梨花那样地白中透绿，它是莲灰色的。八重樱就丰满红润一些，近乎北京城里春天的海棠。此外还有浅黄色的郁金樱，枝花低垂的枝垂樱，"春分"时节最早开花的徒岸樱，花瓣多到三百余片的菊樱……掩映重叠、争妍斗艳。清代诗人黄遵宪的樱花歌中有：

　　……

　　墨江泼绿水微波，万花掩映江之沱。

倾城看花奈花何,人人同唱樱花歌。

······

花光照海影如潮,游侠聚作萃渊薮。

······

十日之游举国狂,岁岁骅虞朝复暮。

······

这首歌写尽了日本人春天看樱花的举国若狂的盛况。"十日之游"是短促的,连阴之后,春阳暴暖,樱花就漫山遍地的开了起来,一阵风雨,就又迅速地凋谢了,漫山遍地又是一片落英!日本的文人因此写出许多"人生短促"的凄凉感喟的诗歌,据说樱花的特点也在"早开早落"上面。

也许因为我是个中国人,对于樱花的联想,不是那么灰黯。虽然我在一九四七年的春天,在东京的青山墓地第一次看樱花的时候,墓地里尽是些阴郁的低头扫墓的人;间以喝多了酒引吭悲歌的醉客,当我穿过圆穹似的莲灰色的繁花覆盖的甬道的时候,也曾使我起了一阵低沉的感觉。

今年春天我到日本,正是樱花盛开的季节,我到处都看了樱花,在东京,大阪,京都,箱根,镰仓……但是四月十三日我在金泽萝香山上所看到的樱花,却是我所看过的最璀璨、最庄严的华光四射的樱花!

四月十二日,下着大雨,我们到离金泽市不远的内滩渔村去访问。路上偶然听说明天是金泽市出租汽车公司工人罢工的日子,金泽市有十二家出租汽车公司,有汽车二百五十辆,雇用着几百名的司机和工人。他们为了生活的压迫,要求增加工资,已经进行过五次罢工了,还没有达到目的,明天的罢工将是第六次。

那个下午，我们在大雨的海滩上，和内滩农民的家里，听到了许多工农群众为反对美军侵占农田作打靶场奋起斗争终于胜利的种种可泣可歌的事迹。晚上又参加了一个情况热烈的群众欢迎大会，大家都兴奋得睡不好觉，第二天早起，匆匆地整装出发，我根本把今天汽车司机罢工的事情，忘在九霄云外了。

早晨八点四十分，我们从旅馆出来，十一辆汽车整整齐齐地摆在门口。我们分别上了车，徐徐地沿着山路，曲折而下。天气晴明，和煦的东风吹着，灿烂的阳光晃着我们的眼睛……

这时我才忽然想起，今天不是汽车司机们罢工的日子么？他们罢工的时间不是从早晨八时开始么？为着送我们上车，不是耽误了他们的罢工时刻么？我连忙向前面和司机同坐的日本朋友询问究竟。日本朋友回过头来微微地笑说："为着要送中国作家代表团上车站，他们昨夜开个紧急会议，决定把罢工时间改为从早晨九点开始了！"我正激动着要说一两句道谢的话的时候，那位端详稳静、目光注视着前面的司机，稍稍地侧着头，谦和地说："促进日中人民的友谊，也是斗争的一部分呵！"

我的心猛然地跳了一下，像点着的焰火一样，从心灵深处喷出了感激的漫天灿烂的火花……

清晨的山路上，没有别的车辆，只有我们这十一辆汽车，沙沙地飞驰。这时我忽然看到，山路的两旁，簇拥着雨后盛开的几百树几千树的樱花！这樱花，一堆堆，一层层，好像云海似的，在朝阳下绯红万顷，溢彩流光。当曲折的山路被这无边的花云遮盖了的时候，我们就像坐在十一只首尾相接的轻舟之中，凌驾着骀荡的东风，两舷溅起哗哗的花浪，迅捷地向着初升的太阳前进！

　　下了山，到了市中心，街上仍没有看到其他的行驶的车辆，只看到街旁许多的汽车行里，大门敞开着，门内排列着大小的汽车，门口插着大面的红旗，汽车工人们整齐地站在门边，微笑着目送我们这一行车辆走过。

　　到了车站，我们下了车，以满腔沸腾的热情紧紧地握着司机们的手，感谢他们对我们的帮忙，并祝他们斗争的胜利。

　　热烈的惜别场面过去了，火车开了好久，窗前拂过的是连绵的雪山和奔流的春水，但是我的眼前仍旧辉映着这一片我所从未见过的奇丽的樱花！

　　我回过头来，问着同行的日本朋友："樱花不消说是美丽的，但是从日本人看来，到底樱花美在哪里？"他搔了搔头，笑着说："世界上没有不美的花朵……至于对某一种花的喜爱，却是由于各人心中的感触。日本文人从美而易落的樱花里，感到人生的短暂，武士们就联想到捐躯的壮烈。至于一般人民，他们喜欢樱花，就是因为它在凄厉的冬天之后，首先给人民带来了兴奋喜乐的春天的消息。在日本，樱花就是多！山上、水边、街旁、院里，到处都是。积雪还没有消融，冬服还没有去身，幽暗的房间里还是春寒料峭，只要远远地一丝东风吹来，天上露出了阳光，这樱花就漫山遍地的开起！不管是山樱也好，吉野樱也好，八重樱也好……向它旁边的日本三岛上的人民，报告了春天的振奋蓬勃的消息。"

　　这番话，给我讲明了两个道理。一个是：樱花开遍了蓬莱三岛，是日本人民自己的花，它永远给日本人民以春天的兴奋与鼓舞；一个是看花人的心理活动，做成了对于某些花卉的特别喜爱。金泽的樱花，并不比别处的更加美丽。汽车司机的一句深切动人的、表达日本劳动人民对于中国人民的深厚友谊的话,使得我眼中的金泽的漫山遍地的樱花,幻成一片中日人民友谊的花的云海,让友谊的轻舟,疾箭似的,向着灿烂的朝阳前进!

深夜的回忆,暖意盈怀,欣然提笔作樱花赞。

1961 年 5 月 18 日夜

樱花

◎倪贻德

　　有人说，樱花比桃花更美，因为桃花太艳丽了，而樱花却是雅素轻盈，像一个淡妆薄施的美人，这个批评是很对的。但是我想，若是说桃花自有她艳丽的美，而樱花也自有她雅素的美，各有她们自己的特点。那是更比较地妥当些吧。

　　在中国是以产桃花著名，樱花是不可多见，所以在历来的诗词歌曲，关于樱花的咏叹也是很少的。在上海，因为有世界各色人种的杂处，所以东西方的奇葩异卉，都时常可以看到，那蓬莱仙岛的木屐儿，也把他们最珍贵的樱花移植过来，当春光明媚、春气荡漾的时节，那娇媚的樱花，自常从人家花园的围墙里，探出她粉白脸来向路人微笑。

　　樱花是代表日本的国花，和富士山一样地著名于全世界。真的，这真是他们东瀛三岛唯一的象征呢。这在他们的妇女装饰上，在文学艺术上，在一切工艺品的图案上，都在显著地表现着。花开的时节，彼都男女，如醉如狂，歌舞欢笑于其下，尽情游乐，入夜忘返。我每听到从日本回国的朋友这样说，心里总是说不出地羡慕，时常起浮海济瀛的遐想。

　　这次我去国东游，当未动身之前，第一个使我鼓舞欢欣的，就是今后得能享受樱花时节陶醉的情调了。可惜我来的时候，正在凉秋九月，芳草木叶，正在一天一天地凋零下去，秋雨秋风,尽在无情地吹打着,只使人引起深切的乡愁。接着便是严冷的寒冬,天宇沉沉,天空暗淡,雨雪载道,泞泥难行,狂暴的寒风,不时地从太平洋的北岸吹来,尤是使人畏惧失色。而我所住的又在东京的市内,每天所看见的,只是具有立体美的都市建筑,有刹那美的电车汽车的飞跑,所谓山林田野的风味,所谓幽雅静穆的东方古代的风味,我还没有领略过。

岛国的初春,依旧吹着严厉的北风,天气依旧是刺骨的寒冷。直到三月过后,和暖的日光照来,自然万物,才渐渐像由冬眠中苏醒了过来。不知不觉中,枯枝长出嫩绿的幼芽了,泥土中生出青青的碧草,从人们的言语中,时常可以听到:"樱花就要开了! 樱花就要开了!"我也抱着十二分的热望,期待着动人的 sakura 的开放。

樱花开了,万人欢待的樱花次第地开了。日本的樱花,不像中国桃花、梅花等只种植风景名胜和达官富人的庭园中的,她是随处都繁生着的。在神社的门前,在冷假的街道旁,都有她的芳踪丽影,淡红而带有微绿的花朵,迎着春风,在向着路人轻輙浅笑。

东京一隅,樱花产生最多的,以上野和飞岛山最为著名。那儿植着万千的樱木,花开的时候,远望过去,就像一片淡红色的花之海。所谓男女混杂醉歌的地方,大抵是在这两处。而在我们异邦的远客要一赏樱花的趣味的,也要到那地方才可以满足你的欲望。

真的,当花开的时候,在彼邦的社会中,的确呈现出一种异样的空气来。这不仅在拥挤的电车上,在男子醉红的脸上,在女子轻佻的动作上可以看得出来,就是在每日的新闻纸上,到这时候,也把国家大事暂时弃置一旁,连篇累牍,都是记载着花事芳讯，使用着夸大的字句，在不遗余力地赞美着，哄传着。使我一个作客他乡的游子，也不禁鼓舞雀跃起来了。

一天的午后，气候是不冷不热，天空是乳浊色的一片，微风吹来，带着一点南方的暖味，这正是春光烂漫的好天气。我到了友人 W 君的家里和他说：

"现在正是樱花盛开的时候了，我们不可失了这机会。"

W 君是一个老东京，很熟于日本的风俗人情，而对于供人游览的名胜古迹尤能通晓，所以他听了我的话就不假思索地说：

"要看樱花，那么最好到飞岛山去。"

于是我们便乘了市内电车，直向飞岛山进发，沿途看见老幼男女，连袂往游，那一种狂热的盛况，超出于我的想象之外。

日本人的赏玩樱花，和中国的看桃花不同。中国人的看桃花是属于少数几个有闲阶级的，他们或驱着汽车到桃林附近作一回走马看花，或是约着情侣，到花坞深处作密约幽谈，所谓农工大众，却很少有鼓兴往游，所以那桃林的周围始终是寂寞的。但在日本却不然了，这儿的游人，大抵是粗野素朴、平时在劳苦操作中的农工，和一般平凡而庸俗的小市民，这儿寻不出一个风雅优秀的富人绅士，这儿寻不出一个温文细腻的淑女闺秀，他们大概在自己的精巧的庭院中赏玩够了吧。

那里找不到幽趣的诗情，而却看出了他们民族艺术的表现。

飞岛山并不是一座奇胜的高山，不过是比较高大的土丘而已。走上十数级的斜坡，便已登临其上，上面便满植着繁密的樱林。那时樱花还没有盛开，但是赏花的游人却已满集在山上了。他们大抵在花下席地而坐，三五个人一个团体，男女互相依傍着，调笑着。有的在举着巨杯痛饮，有的在高唱着不知名的和歌。他们好像完全忘记了头上的樱花，不过是借此佳节谋一次痛快的欢醉，以安慰一年来劳苦的工作的样子。

在这里是看出了人类的互相友善了，不论是相识或不相识者，只要对谈着几句，便可以拉着一同痛饮狂歌。还有许多行脚的歌人，带着尺八（即洞箫），随处吹弄着伤感的古歌，随处便可以分着清酒一杯，麦饼数斤。

在这里消除了一切阶级的界限了。他们大抵是第四阶级的工农，在平时正是处在重重的压迫之下，不能抬起头来。然而当他们在樱花树下醉态蒙眬的时候，可以任意地狂啸高呼，任意地痛骂一切，以发泄他们胸中所有的不平。我更看见有几个机械工人，半醉中握着酒瓶，在作打倒甚么的表情。

在这里我看到日本的舞俑了。本来艺术的起源便是舞俑，大概在感情喜悦的时候，就有手舞足蹈的表现，所以不论甚么野蛮的民族，都有他们特别的舞俑。日本的舞俑，也没有脱了原始艺术的痕迹，他们是穿着五色斑斓的衣服，头上扎一块花布，随着击拍的声音，在做着简单的动作，趣味虽然幼稚而低级的，但很可以看出他们民族性的表现。

在这里我更听到日本的民谣俗曲了。这种民谣的词句，我虽不能明了，但声调中却可以听出一种感伤的情绪，有一种怀古的幽怨含蓄着，最近日本的声乐家藤原义江作就了许多日本风的谣曲，在欧洲各国歌唱，博得西方人狂热的欢迎。而在樱花树下听到这种声音，却更有一种阳春哀怨的情调。

此外更有许多江湖的卖艺者，杂食的贩卖者，张着红白的帐篷，敲着击响的锣鼓，点缀在花丛人群里，更显出佳景美节的狂热的气氛来。

我在这周围徘徊着，观看着，一时被那种盛况所鼓舞，也想参加进去和他们醉歌狂舞，但我始终是一个异国的流浪人，毕竟只好做一个局外的旁观者。

　　我于是想起了故国的桃花时节，那最有名的上海附近龙华的桃林，当花开的时候，我是每次都要乘兴往游的。那儿曾有我少年时代浪漫的踪迹，那儿曾洒过我少年时代的眼泪。如今回想起来，只觉得痴愚的可笑，从今以后我怕再不会如当年的沉醉在幽怨的诗情中了。

　　我又想起了故国也有可以赞颂的民族艺术，就像乡间的迎神赛会，五月间的端阳竞渡，在那种时候，也有所谓我们的民族艺术在充分地表现着。这种借着佳节而谋大众共同的欢娱，在民族中是不可以少的，是应当光大而发扬之的。可惜我们的民众，近年以来，因为外受列强帝国主义的压迫，内受军阀武人的蹂躏，以致民不聊生，民生饥竭，更哪里顾得到生活余暇后的艺术的享乐呢？

　　樱花的期间，前后约有两星期的长久，这其中分着初放、满放、花落的三个时期，更有所谓夜樱，是在月明之下观赏的。总之，在这十多天内，他们是夜以继日、歌舞不倦地游乐着的，他们的狂态，他们的豪兴，更非我的纸笔所能形容。

　　春光老了，春色残了，游人也兴尽而返，只剩纸屑残皮，和片片的落花撒满了一地。

1928 年春在东京

水仙

◎黄苗子

"水仙不开花——装蒜",这是北方人的一句土语;"装蒜"者,意谓其人假痴假呆,心里明白,却装作不懂之意也。

其实开花的水仙也是蒜类,属石蒜科植物。在我国大概很古时候就有水仙花,六朝人给它起了一个想来可笑的名字,叫它作"雅蒜"。

水仙的品种很多,上海常见的是崇明产的单头水仙,和福建漳州产的几个头合在一起的多头水仙。福建水仙,有的叶短,略带弯曲,所以闽粤人都从它的叶状给它取名叫"蟹爪",其实是用人工动过手术的水仙。上海培植的洋水仙虽然没有中国水仙的香气,但颜色多种,都浅艳可爱,别具风格。这种洋水仙很可能就是唐人段成式《酉阳杂俎》一书所记,出自拂林(东罗马帝国)、译名叫作"襟袛"的那种花的后代。在漫长的生物发展史上,有些植物,常常因为地质气候、迁徙、杂交等关系,而表现了多种变化的。

水仙是一种欣赏植物。寒冬腊月,劳动了一天,休息下来,买几头水仙,用小泥盆栽上或用小瓷碗贮清水供上,就可以坐对窗头案上着意欣赏一番:自己收拾得干干净净的小室,几根挺叶,几朵白花,在清冽的严冬空气中,发出极幽淡的香气,联想到希腊神话和我国古代传说中许多关于水仙的故事,

花

也就算得一种劳逸结合的生活方式。

　　宋代大诗人黄山谷,有人送他五十棵水仙,他写了一首诗,细致入神地歌颂了水仙的品格丰姿,诉出了对花的喜爱。可是在末尾,却突然用了这两句句子:"坐对真成被花恼,出门一笑大江横!"是的,应当有这样洒脱的胸襟来欣赏那在严寒中抽条放香的水仙花,才算真正的爱好水仙。

大金川上看梨花

◎阿来

去看梨花。

去大金川上看梨花。

路远,四百公里。午饭后一算,出成都西北行已两百多公里。海拔不断升高,春花烂漫的成都平原已在身后,而前的雪山不断升起,先是看到隐约的顶尖,不多久,雪山就耸立在面前了。这哪里是去看梨花,是把春天留在身后,去重新体味正在逝去的冬天。

那条盘旋而上翻越雪山的公路已经废弃十多年了。我们从隧道里穿山而过,就这么四五公里的路途,就已离开了岷江水系,进入了大渡河上游支流的梭磨河。道路转向,折向东南,沿河下行。眼前是海拔三千米的峡谷景色。河岸两边是陡峭的峡壁。向阳的峡壁是草坡,是密闭的栎树林。背阴的峡壁上满坡的杉树、松树与桦树。阳光是一个美术大师,利用峡谷的岩壁、森林、河流和纵横交织的山棱线勾勒出明亮与阴影的复杂分界,把一面面山壁和整条峡谷都变成了一幅取景深远的风景画。也许是怕这样的画面会过于单调,风与云彩都来帮忙。风摇晃那些树,其实就是摇晃那些光,使之动荡,使之流淌。一朵两朵的云飘来,遮住一些光,失去光照的部分便显得沉郁,未被遮没的部分便在阳光照耀下更加高亢更加明亮。视觉可以转换为听觉。真的似乎可以在这光影摇荡间听到声音。阴影部分是一支木管乐队，低回、沉郁，却也充满细节。春天了，林下的苔藓已一片潮润，正在返青，树木正展开根须，从解冻的土地中拼命吮吸水分，向上输送，到每一个细枝末节。森林虽未呈现绿色，却也能让人感到一派生机。而那些被阳光透耀的部分简直就是高亢明亮的铜管乐队在尽情歌唱。我耳畔响起一些熟悉的旋律，比如柴可夫斯基的《意大利随想曲》中部分小号那召唤性的歌唱。

就这样沉湎于脑海中的乐音时，突然，峡谷敞开。山，变得平缓了，退向远处。河，不再是被悬崖逼向山根，而是回到谷地的中央，缓缓流淌。这些山谷就是河流日积月累的功夫造成的，河两岸的人家也是河流哺育的，河流应该在大地的中央。河岸的台地上应该有村庄，村庄周围应该有农田。那些村庄和田野的四周应该出现那些鲜明的花树。那是一树树野桃花开在村后的山坡，开在村前的溪边。那又仿佛弦乐队舒展开阔的吟唱。

停下车，走进一个村庄，我要去看那些野桃花。远看，野桃花一树树站在山下村前。近看，野桃花密密簇簇，缀满枝头。粉红色的花瓣被阳光透耀，有精致的绢帛质感。也许这种比方太精致了，与眼前的雄荒大野并不匹配。想起日本人永井荷风描写庭院中的桃花就用过这样的比喻："桃花的红色，是来自平纹薄绢的昔日某种绝品纹样的染织色。"永井荷风说，他写桃花所在的庭院狭小局促，甚至"不是一座为漫步而设的庭院，而是为在亭榭中缩着身子端坐下来四处打量而设的庭院。"而我现在却是在高天丽日下挺身行走，长风吹拂，田野包围着村庄，群山包围着田野。进入那个村庄。又走出

花

那个村庄。风起处,吹落的野桃花瓣纷纷扬扬。走出那个村庄,村后的山坡上又是一个台地,坡地上仍然是开满繁花的野桃树。山坡上又是一个村庄。这是午后时分,沿着曲折的村道攀一个高台,走到上面的村庄。村子很安静,家家门上都落了锁,不知人都上哪去了。只有村前村后的野桃花安静而热烈地开着。这阔大、静谧又热烈的花事,保持着如此原初的风貌,没有什么现成的修辞可以援引。从这里,又可以张望到花开更热烈、更宁静的村庄。但这些桃花不是此行的重点。所以,张望一阵,也就回头下山,奔赴遥远的金川梨花而去。

这个地方叫松岗。一个藏语地名,对音成汉语,也到有着自己的意思。岗上也未见松树,而是那些花树兀白兀开放。

这一天上午,溯岷江而上,越走海拔越高,景色越来越萧瑟,完全是在离开春天。然后,在大渡河流域顺河而下,又一步步靠近了春天,进入了春天。与早晨刚刚离开的成都平原上的春天截然不同的春天。

又是一次山势的变化,又进入一个峡谷。

花岗岩的山壁更加陡峭,岩石缝隙中是一株株挺拔的柏树。这些柏树已被列为国家二级保护植物,名叫岷江柏。我在一本叫《河上柏影》的书中写过它们。这些墨绿色的树还在沉睡。树梢上还未绽出新叶。与之伴生的树却按捺不住了。山杨已经一树新绿,野桃花也一树树开得更加灿烂。这里,一条更大的河和梭磨河相汇,站在一面壁立的悬崖前,可以听到河水相激的隐隐回声。

这个悬崖壁立,悬崖上站着许多柏树的地方叫热足。

峡谷再次敞开,谷中出现更多的村落,更多的开满花的树和正在绽放新绿的树。绿树是先长叶再开花的树,花树是先放花再长叶的树。

然后，二十公里左右吧，在一个叫可尔因的镇子上，开阔的谷地再次猛然收束。高高的花岗石山使得这个镇子一半在阳光下，一半在山影里。又一条从北而来的河流汇入。从此，这条水势丰沛的河就叫做大渡河。

我们沿着大渡河又在浓重的山影里穿行。

峡谷更深，春天更深。悬崖间有了更多的绿树与花树。而且，间或出现的一个小村庄前，开放的已经不是野桃花，而是洁白的李花与梨花。

这道峡谷我是熟悉的。四十年前，曾经开着拖拉机每天往返。现在，道路加宽了，路面也铺上了柏油，但山还是那些山，河还是那条河，公路依然顺着河，贴着山脚向前蜿蜒。何况，前年，也是这个时节，我已经再次到访过这里。所以，我可以向同行的人预告，我们就快要冲出这景色雄伟的峡谷了。果然，就眼见得前方的山渐渐矮下去，峡口处显现出越来越广阔的天空，可以看到越来越多的亮光闪闪的云团悬停在前面。

然后，车子从一面悬崖下的弯道上冲出去，河流猝然变宽变缓，刚才还滔滔翻滚，一冲出峡口便落下飞珠溅玉的浪头，变成了一匹安静的绿绸。大渡河是地图上的名字，在当地人口中，此河的这一段唤做大金川河。考究起来，河的得名，与过去沿河盛产黄金有关。但今天，淘金时代早已过去。倒是这一江水，在这宽阔的川西北高原的谷地中，润育出一个"阿坝江南"。一县之名，也改为金川。几百年前，土司统治的时代，这里的藏语名字是"曲浸"，意思就是大河之滨。到清末，改土归流，寓兵于民，叫过绥靖屯。民国间设县，叫作靖化。中华人民共和国建政后，改名金川县。这一县地名的演变，也可窥见治乱的兴替,时代的进步,文化的变迁。

已经夕阳西下时分。悬浮的白云镶上了金边。星罗棋布的村庄掩映在漫山遍野的梨花中间,炊烟四散。黄昏降临大地,梨花的色彩渐行渐淡,终于掩入夜色,变成一团团隐约的微光了。

晚饭后,和县上的主人出来散步,但见河面辉映着满城灯火,晚风轻拂,带来了四野围城的梨花暗香。回到酒店,我特意打开房间的窗户,虽然春天的夜晚有新鲜的轻寒,但我不想把那些浮动的暗香隔在外面。躺在床上,突然想起川端康成的一篇名为《花未眠》的散文。他写的是插在旅馆房中的海棠花:"半夜四点醒来,发现海棠花未眠。"他是以惊喜的口吻来写这个发现的。

的确,花,好些品种都会在夜里闭合打开的花瓣,当然,也有花是昼夜都开放的。我就曾经在原野静坐一个黄昏,看一群垂头菊,如何随着太阳光线的黯淡,慢慢闭合了花瓣。我也去观察过,一大片的蒲公英怎样在太阳初升的清晨,在十多分钟的时间里打开它闭合的花瓣。但夜里的梨花是什么情形,却未曾留心过,想必依然是在星光下盛开着的吧。

金川一县,大部分村落与人口都沿着大渡河两岸分布,从清朝乾隆年间开始便广植梨树。看前些年有些过时的统计资料,说四野中栽种的梨树达百万株了。金川全县人口七万余人。城里人和高山地带的农牧业人口除外,摊到每个农业人口头上,那是人均好几十株了。所以,这里的梨花不是一处两处,此一园,彼一园,而是在在处处。除了成规模的梨园,村前屋后,地头渠边,甚至那些荒废的老屋基上,都是满树梨花。

一处处地想看完看尽,怕只是没有那么多时间。便挑两

大金川上看梨花

33

处去看。一处沙耳，一处咯尔。两处地方，如今都是藏汉民杂居，你中有我，我中有你。地名也是藏语汉写。沙耳在金川河谷最宽处，两岸田畴绵延，村庄密集，填满了好几公里宽的谷地。田畴，道路，村落间所有的空隙，都站满梨树。梨花开满，如雾如烟。那些雾，那些烟，都似乎在将散未散之间。远山透迤的山梁上昨夜又积上了新雪。春天，梨花开放时，这个地方往往低处下的是雨，高处降的就是雪。现在天放晴了，高处是晶莹的新雪，低处谷地里雨后的梨花雪一样的白，又是不一样的白。如雾如烟的白。不太知道是要马上散开，还是正在聚拢的白。在沙耳，我们去到山半腰，背后是积雪的山头，正好把这壮阔的美景尽收眼底。早餐时，餐厅墙上挂着一张就从现在这个位置拍摄的照片。县委书记说，有客人看了这张照片，不以为是真实景色，而是一张 P 图，因为他们不是在梨花盛开的时节来的，不相信积雪的山头和谷中的梨花可以同框，可以这样交相映照。可是现在，我们就站在这美景中间了。太阳正在升起来，阳光照耀之处，那些梨花变幻出了更加迷离的光芒。

　　我们下山，要到那些村中去。要到那些如云如雾的梨花林中去。

　　那是一个很大的梨园。十几级依山而起的梯田。雪山还在远处的蓝空下面，我们已经在这里身陷于盛开的鲜花阵中了。梨树都很高大，没有过多的修剪，都在自由舒展地生长。树干粗粝，苍老，分枝遒劲，生机勃勃，每一个枝头，就满是一簇簇繁密的花朵。少的十多二十朵，我数了最繁密的一枝，竟有八十多朵！再移步近观，那些花朵的细部就呈现在眼前。像蔷薇科的所有亲戚一样，梨花也是五出的瓣，此时，它们被阳光照耀着,格外地明亮耀眼,同时,也散发着格外浓烈的香气。香气那么浓烈,让人觉得有一层雾气萦绕在身边。又似乎是梨花的白光从密集的花团中飘逸而出,形成了隐约的光雾——花团上的白实在是太浓重了,现在,阳光来帮忙,让它们逸出一些,飘荡在空中,形成了迷离的香雾。我架好照相机,在镜头中再细细打量那些花朵。比起野桃花那薄如绢帛的花瓣来,梨花的瓣就丰腴多了,也滋润多了。是绸缎的质感。就那样,五个花瓣捧出了丝丝青碧的花蕊。每一支蕊的顶端都是一团花粉。花刚开时,花粉是红色的,两天三天后,就渐渐变成了沉着的黑色。它们在等蜂来,把它们带到另外的一朵花上,落在每一朵花最中央羞怯地低着身子的花房上。于是,奇妙的遇合发生,生命的奇迹发生。那是花的美妙性事。从此,我们可以期待秋天的果实。当然,传播花粉更有效的还有风。这大山谷地中,风是可以期待的,谷中的空气受热上升,雪山上的冷空气就下沉来填补,空气对流,这就是风。风把花粉从这一群花带到那一群花,从这几树带到另外的那几树。风不大,那些高大的树皮粗粝苍老的树干纹丝不动,虬曲黝黑的树枝却开始摇晃,枝头的花团在这花粉雾中快乐地震颤。那是生命之美,我的眼睛在相机的取景器上,手却忘记了按下快门。而我的脚下梨园的土地上满是乡亲们栽种的牡丹,此时正在抽茎,肉红色的叶芽像婴儿的小手般蜷在一起,再有几场太阳,再有几场风,再有几场夜雨,那些叶子就要像手掌一样张开了。

我就这样在梨花深处几乎忘记了身在何处。

我在这里阅读自然之书。美国自然文学家约翰·巴斯勒说:"伟大的自然之书就摊放在他面前,他需要做的只是翻动书页而已。"而在此时，梨园顺着一级级黄土台地上依山而起，梨花怒放，风摇动了一切，我只是站在那里，那些书页也是由午间的谷中风一页页翻动的。

这时，风止息，一阵高潮已然过去了。

我们离开沙耳，去往另一个目的地安宁，这里也有一个藏语地名噶喇依，这个名字曾在清代乾隆年间的史料中频繁出现。那里曾是当年金川土司的一个坚固堡垒。乾隆皇帝派重兵进剿，费去十数年时间，数万条生命，才将大金川地区征服。此地面对大渡河有一块平整的土地，是肥沃的良田，如今，麦田青秀，油菜花金黄，挺拔的梨树高擎着一树树繁花点缀其间。一派平和景象。当年这片土地却浸透了对战双方数千生命的鲜血。

我不止一次来过这里，我想我应该遇见一个人。一个村子里的贤人。这个村庄中的一个老人。果然，他已经在那里等着我们一行人了。差不多三年不见，老头子依然腰板挺直，精气旺盛。我问他带着酒没有。他笑笑，从身上掏出一个扁平的金属壶，像美国西部片中那些马上英雄必带的那种，他拧开盖递到我手上。我喝了一大口，酒辣乎乎下到胃里，又热烘烘地上攻到头上。太阳也热烘烘明晃晃地照着，立马我就感觉到了在花间嘤嘤歌唱的蜜蜂都钻到脑袋里来了。他问我酒够不够劲。我说你更有劲。他说，我看了你最新的书。这个老农民闲来无事，研究当年发生在这里的战史，并不惮烦数年如一日为游客做义务讲解。一到这里，导游们都自动躲在一边，任他引领游客了。

我们从河边的平地沿着陡峭的台阶拾级而上，台阶两边，全是过去堡垒的残墙。残墙间站满了梨树，苍老的梨树。好些树的树冠已经干枯了,在蓝空下依然展开苍劲黝黑的枝柯。而树的下半部,那些枝柯依然生气勃勃,盛放着耀眼的梨花,一路护持我们登上了那条象鼻一样伸向河岸的山梁。如今,那些厚墙高雄的堡垒都倾圮了。废墟之上,盖了一座御碑亭。其中立着乾隆皇帝撰文题写的《御制平定金川勒铭噶喇依之碑》。义务导游带着我的同行们进了碑亭,我没有进去。我熟读过那通碑文。乾隆当然要写碑了,平定金川之役是他十大武功之一。我就是四处走走看看。我去看一种早放的野花。这丛顽强的灌木从水泥阶梯的护墙缝隙中伸展出细枝,开出了成串的花朵。这是醉鱼草科的迷蒙花。它的香气强烈,嗅闻久了,让人有迷离的感觉。我听见那位村中贤人洪亮的声音在亭子中回荡。他在讲述一场远去的战争。那些熟悉的人名地名断断续续飘到我耳中。我还是坐在那里,头顶着烈日看那丛迷蒙花。

我查过金川一地很多资料,看这满山满谷的梨树是什么时候有的。果然就在不同的书中发现一鳞半爪的线索。一本当时人的笔记讲到战前当地的物产,就说当地有叫查梨的梨树。又在后来的史料中发现,说有留下屯垦的山东籍士兵从老家带来了梨树种子,与当地的梨树嫁接后,新的梨树结出了鸡腿形的,甜美多汁而几乎无渣的果实,因为这种新的梨树生长在雪山之下,就名为金川雪梨了。从此,这个世界上就多了一种树,一种梨树。不知是什么时候,这些新的梨树,就站满了大金川河谷,改变了这个河谷的景观。而多民族的融合也改变了这里的人文风貌。新民植育梨万树,生涯不复旧桑田。后一句引自晁补之《流民》,前一句是我编的。如此,大致能概括乾隆年间的惨烈战争后,大金川一带地方的变化吧。

当地政府有一个强烈的意图,就是把种植农业往观光方向转化。这样满山满谷的梨花,的确是一个很好的观光资源。杜甫诗:"高秋总馈贫人食,来岁还舒满眼花",虽是写桃树,但移至梨花上,也很恰切。物以致用,先是用的,这个功能实现后,其审美性的观赏功能或许更有价值。我们这一行,就是受邀来看梨花,写梨花的。可怎么写这些开放在雄荒大野,野性而生机勃勃的梨花的确是个问题。这几天,老听人在耳边念岑参的诗:"忽如一夜春风来,千树万树梨花开",我心里却不满足。虽有他写得跟眼前景色一样的壮阔,但那诗到底是写雪,写唐时轮台的雪,只是用梨花作比附的。真正到古诗词中找写梨花的诗句,都是写那小山小水小园中的,到底显得过于纤巧,与我们眼见的金川梨花并不相宜:

"梨花雪压枝,莺啭柳如丝。"(温庭筠)

"梨花千树雪,杨叶万条烟。"(李白)

"梨花如静女,寂寞出春暮。"(元好问)

再有些感怀感伤时,一腔春愁,更与眼前这轰轰烈烈的花开盛景不能相配:

"梨花近寒食,近节只愁余。"(杨万里)

"梨花有思缘和叶,一树江头恼杀君。"(白居易)

我在这盛开着梨花的高山深谷中行走,只感到勃勃生机的感染,即便有些真愁或闲愁,此时,都烟消云散了。

梨树都是梨树,但有不同姿态;梨花都是梨花,却开出不同格调。何况树由人植,人群更是各各不同,金川的人民,历史将其造成了特别的族群。树生别境,这里的雄阔的雪山大川,化育了这种接近原生状态的梨树。中国文学书写草木,尤其是散文书写,常常套用传统文化中那些托物寄情,感时伤春的熟稔路数,情景相近时,虽也恰切,却了无新意。中国的地理和文化多样性都很丰富,同一个植物在不同的生境中,自然就发生不同的情态与意涵。所以,不看主客观的环境如何,只用主要植根于中原情境的传统审美中那些言说方式,就等于自我取消了书写的意义。日本作家永井荷风在写梅花时就注意到了这个问题。他说:"我一望见梅花,心绪就一味沉浸于测试有关日本古典文学的知识当中。梅花再妍美动人,再清香四溢,我们个性的冲动却在根深蒂固的过去的权威欺压下顿然消萎。汉诗和歌跟俳句,已经一览无余地吸干了花的花香。"美国文化批评家苏珊·桑塔格也说过艺术创新的根底,就是培养新感受力。也就是说对于不同的对象,要有新的体察与认知。在这一点是,永井荷风也说过意思相近的话:"我们首先须清心静虑,以天真烂漫的崭新感动,去远眺这种全新的花朵。"

的确,如果对此种写作方式缺乏应有的警惕,那就滑入那些了无新意的套路。我看梨花,就成了我看梨花,而真正重要的是我看梨花。前一种仅仅是一种姿态。后一种,才能真正呈现出书写的对象。今天,游记体散文面临一个危机,那就是只看见姿态,却不见对象的呈现。如此这般,写与没写,其实是一样的。法国有一个批评家曾经指出,无新意的文本,造成的只是一种"意义的空转"。空转是什么意思,就是汽车引擎发动了,却不往前行进。对于文学来说,文字铺展开来,却没有发现新的东西,那就是意义的空转。

所以,我看金川的梨花既考虑结合当地山川与独特人文,同时,也注意学习植物学上那细微准确的观察。写物,首先得让物得以呈现,然后涉笔其他才有可信的依托。

还想到一点,旅游,观赏,是一个过程,一个逐渐抵达,逼近和深入的过程。这既是在内省中升华,也是地理上的逐渐接近。所以,我也愿意把如何到达的过程写出来,这才是完整的旅游。看见之前是前往,是接近,发现之前是寻求。我愿意用这样的方式去发现一片土地,去看见大金川上那些众多而普遍的梨花。

梨花

◎许地山

她们还在园里玩,也不理会细雨丝丝穿入她们底罗衣。池边梨花底颜色被雨洗得更白净了,但朵朵都懒懒地垂着。

姊姊说:"你看,花儿都倦得要睡了!"

"待我来摇醒他们。"

姊姊不及发言,妹妹底手早已抓住树枝摇了几下。花瓣和水珠纷纷地落下来,铺得银片满地,煞是好玩。

妹妹说:"好玩啊,花瓣一离开树枝,就活动起来了!"

"活动什么?你看,花儿底泪都滴在我身上哪。"姊姊说这话时,带着几分怒气,推了妹妹一下。她接着说:"我不和你玩了;你自己在这里罢。"

妹妹见姊姊走了,直站在树下出神。停了半晌,老妈子走来,牵着她,一面走着,说:"你看,你底衣服都湿透了;在阴雨天,每日要换几次衣服,教人到哪里找太阳给你晒去呢?"

落下来底花瓣,有些被她们底鞋印入泥中;有些粘在妹妹身上,被她带走;有些浮在池面,被鱼儿衔入水里。那多情的燕子不歇把鞋印上的残瓣和软泥一同衔在口中,到梁间去,构成它们底香巢。

芭蕉花

◎郭沫若

　　这是我五六岁时的事情了。我现在想起了我的母亲，突然记起了这段故事。

　　我的母亲六十六年前是生在贵州省黄平州的。我的外祖父杜琢章公是当时黄平州的州官。到任不久，便遇到苗民起事，致使城池失守，外祖父手刃了四岁的四姨，在公堂上自尽了。外祖母和七岁的三姨跳进州署的池子里殉了节，所用的男工女婢也大都殉难了。我们的母亲那时才满一岁，刘奶妈把我们的母亲背着已经跳进了池子，但又逃了出来。在途中遇着过两次匪难，第一次被劫去了金银首饰，第二次被劫去了身上的衣服。忠义的刘奶妈在农人家里讨了些稻草来遮身，仍然背着母亲逃难。逃到后来遇着赴援的官军才得了解救。最初流到贵州省城，其次又流到云南省城，倚人庐下，受了种种的虐待，但是忠义的刘奶妈始终是保护着我们的母亲。直到母亲满了四岁，大舅赴黄平收尸，便道往云南，才把母亲和刘奶妈带回了四川。

　　母亲在幼年时分是遭受过这样不幸的人。

　　母亲在十五岁的时候到了我们家里来，我们现存的兄弟姊妹共有八人，听说还死了一兄三姐。那时候我们的家道寒微，一切炊洗洒扫要和妯娌分担，母亲又多子息，更受了不少的累赘。

白日里家务奔忙,到晚来背着弟弟在菜油灯下洗尿布的光景,我在小时还亲眼见过,我至今也还记得。

母亲因为这样过于劳苦的原故,身子是异常衰弱的,每年交秋的时候总要晕倒一回,在旧时称为"晕病",但在现在想来,这怕是在产褥中,因为摄养不良的关系所生出的子宫病吧。

晕病发了的时候,母亲倒睡在床上,终日只是呻吟呕吐,饭不消说是不能吃的,有时候连茶也几乎不能进口。像这样要经过两个礼拜的光景,又才渐渐回复起来,完全是害了一场大病一样。

芭蕉花的故事是和这晕病关连着的。

在我们四川的乡下,相传这芭蕉花是治晕病的良药。母亲发了病时,我们便要四处托人去购买芭蕉花。但这芭蕉花是不容易购买的。因为芭蕉在我们四川很不容易开花,开了花时乡里人都视为祥瑞,不肯轻易摘卖。好容易买得了一朵芭蕉花了,在我们小的时候,要管两只肥鸡的价钱呢。

芭蕉花买来了,但是花瓣是没有用的,可用的只是瓣里的蕉子。蕉子在已经形成了果实的时候也是没有用的,中用的只是蕉子几乎还是雌蕊的阶段。一朵花上实在是采不出许多的这样的蕉子来。

这样的蕉子是一点也不好吃的,我们吃过香蕉的人,如以为吃那蕉子怕会和吃香蕉一样,那是大错而特错了。有一回母亲吃蕉子的时候,在床边上挟过一箸给我,简直是涩得不能入口。

芭蕉花的故事便是和我母亲的晕病关连着的。

我们四川人大约是外省人居多，在张献忠剿了四川以后——四川人有句话说："张献忠剿四川，杀得鸡犬不留"——在清初时期好像有过一个很大的移民运动。外省籍的四川人各有各的会馆，便是极小的乡镇也都是有的。

　　我们的祖宗原是福建的人，在汀州府的宁化县，听说还有我们的同族住在那里。我们的祖宗正是在清初时分入了四川的，卜居在峨眉山下一个小小的村里。我们福建人的会馆是天后宫，供的是一位女神叫作"天后圣母"。这天后宫在我们村里也有一座。

　　那是我五六岁时候的事了。我们的母亲又发了晕病。我同我的二哥，他比我要大四岁，同到天后宫去。那天后宫离我们家里不过半里路光景，里面有一座散馆，是福建人子弟读书的地方。我们去的时候散馆已经放了假，大概是中秋前后了。我们隔着窗看见散馆园内的一簇芭蕉，其中有一株刚好开着一朵大黄花，就像尖瓣的莲花一样。我们是欢喜极了。那时候我们家里正在找芭蕉花，但在四处都找不出。我们商量着便翻过窗去摘取那朵芭蕉花。窗子也不过三四尺高的光景，但我那时还不能翻过，是我二哥擎我过去的。我们两人好容易把花苞摘了下来，二哥怕人看见，把来藏在衣袂下同路回去。回到家里了，二哥叫我把花苞拿去献给母亲。我捧着跑到母亲的床前，母亲问我是从什么地方拿来的，我便直说是在天后宫掏来的。我母亲听了便大大地生气，她立地叫我们跪在床前，只是连连叹气地说："啊，娘生下了你们这样不争气的孩子，为娘的倒不如病死的好了！"我们都哭了，但我也不知为什么事情要哭。不一会父亲晓得了，他又把我们拉去跪在大堂上的祖宗面前打了我们一阵。我挨掌心是这一回才开始的,我至今也还记得。

　　我们一面挨打,一面伤心。但我不知道为什么该讨我父亲、母亲的气。母亲病了要吃芭蕉花,在别处园子里掏了一朵回来,为什么就犯了这样大的过错呢?

　　芭蕉花没有用,抱去奉还了天后圣母,大约是在圣母的神座前干掉了吧?

　　这样的一段故事,我现在一想到母亲,无端地便涌上了心来。我现在离家已十二三年,值此新秋,又是风雨飘摇的深夜,天涯羁客不胜落寞的情怀,思念着母亲,我一阵阵鼻酸眼胀。

　　啊,母亲,我慈爱的母亲哟! 你儿子已经到了中年,在海外已自娶妻生子了。幼年时摘取芭蕉花的故事,为什么使我父亲、母亲那样地伤心,我现在是早已知道了。但是,我正因为知道了,竟失掉了我摘取芭蕉花的自信和勇气。这难道是进步吗?

孤崖一枝花

◎林语堂

　　行山道上，看见崖上一枝红花，艳丽夺目，向路人迎笑。详细一看，原来根生于石罅中，不禁叹异。想宇宙万类，应时生灭，然必尽其性。花树开花，乃花之性，率性之谓道，有人看见与否，皆与花无涉。故置花热闹场中花亦开，使生万山丛里花亦开，甚至使生于孤崖顶上，无人过问花亦开。香为兰之性，有蝴蝶过香亦传，无蝴蝶过香亦传，皆率其本性，有欲罢不能之势。拂其性禁之开花，则花死。有话要说必说之，乃人之本性，即使王庭庙庑，类已免开尊口，无话可说，仍会有人跑到山野去向天高啸一声。屈原明明要投汨罗，仍然要哀号太息。老子骑青牛上明明要过函谷关，避绝尘世，却仍要留下五千字孽障，岂真关尹子所能相强哉？古人著书立说，皆率性之作。经济文章，无补于世，也会不甘寂寞，去著小说。虽然古时著成小说，一则无名，二则无利，甚至有杀身之祸可以临头，然自有不说不快之势。中国文学可传者类皆此种隐名小说作品，并非一篇千金的墓志铭。这也是属于孤崖一枝花之类。故说话为文美术图画及一切表现亦人之本性。"猫叫春兮春叫猫"，而老僧不敢人前叫一声，是受人类文明之束缚，拂其本性，实际上老僧虽不叫春，仍会偷女人也。知此而后知要人不说话，不完全可能。花只有一点元气，在孤崖上也是要开的。

蛛丝和梅花

◎林徽因

　　真真地就是那么两根蛛丝，由门框边轻轻地牵到一枝梅花上。就是那么两根细丝，迎着太阳光发亮……再多了，那还像样么？一个摩登家庭如何能容蛛网在光天白日里作怪，管它有多美丽，多玄妙，多细致，够你对着它联想到一切自然、造物的神工和不可思议处；这两根丝本来就该使人脸红，且在冬天够多特别！可是亮亮的，细细的，倒有点像银，也有点像玻璃制的细丝，委实不算讨厌，尤其是它们那么潇脱风雅，偏偏那样有意无意地斜着搭在梅花的枝梢上。

　　你向着那丝看，冬天的太阳照满了屋内，窗明几净，每朵含苞的、开透的、半开的梅花在那里挺秀吐香，情绪不禁迷茫缥缈地充溢心胸，在那刹那的时间中振荡。同蛛丝一样地细弱，和不必需，思想开始抛引出去：由过去牵到将来，意识的，非意识的，由门框梅花牵出宇宙，浮云沧波踪迹不定。是人性，艺术，还是哲学，你也无暇计较，你不能制止你情绪的充溢，思想的驰骋，蛛丝梅花竟然是瞬息可以千里！

　　好比你是蜘蛛，你的周围也有你自织的蛛网，细致地牵引着天地，不怕多少次风雨来吹断它，你不会停止了这生命上基本的活动。此刻……"一枝斜好，幽香不知其处"……

　　拿梅花来说吧，一串串丹红的结蕊缀在秀劲的傲骨上，最可爱,最可赏,等半绽将开地错落在老枝上时,你便会心跳!梅花最怕开;开了便没话说。索性残了,沁香拂散同夜里炉火都能成了一种温存的凄清。

记起了,也就是说到梅花,玉兰。初是有个朋友说起初恋时玉兰刚开完,天气每天地暖,住在湖旁,每夜跑到湖边林子里走路,又静坐幽僻石上看隔岸灯火,感到好像仅有如此虔诚地孤对一片泓碧寒星远市,才能把心里情绪抓紧了,放在最可靠最纯净的一撮思想里,始不至亵渎了或者惊着那"寤寐思服"的人儿。那是极年轻的男子初恋的情景,——对象渺茫高远,反而近求"自我的"郁结深浅——他问起少女的情绪。

就在这里,忽记起梅花。一枝两枝,老枝细枝,横着,虬着,描着影子,喷着细香;太阳淡淡金色地铺在地板上;四壁琳琅,书架上的书和书签都像在发出言语;墙上小对联记不得是谁的集句;中条是东坡的诗。你敛住气,简直不敢喘息,踮起脚,细小的身形嵌在书房中间,看残照当窗,花影摇曳,你像失落了什么,有点迷惘。又像"怪东风着意相寻",有点儿没主意! 浪漫,极端的浪漫。"飞花满地谁为扫?"你问,情绪风似的吹动,卷过,停留在惜花上面。再回头看看,花依旧嫣然不语。"如此娉婷,谁人解看花意",你更沉默,几乎热情地感到花的寂寞,开始怜花,把同情统统诗意地交给了花心!

这不是初恋,是未恋,正自觉"解看花意"的时代。情绪的不同,不止是男子和女子有分别,东方和西方也甚有差异。情绪即使根本相同,情绪的象征,情绪所寄托、所栖止的事物却常常不同。水和星子同西方情绪的联系,早就成了习惯。一颗星子在蓝天里闪,一流冷涧倾泻一片幽愁的平静,便激起他们诗情的波涌,心里甜蜜地、热情地便唱着由那些鹅羽的笔锋散下来的"她的眼如同星子在暮天里闪",或是"明丽如同单独的那颗星,照着晚来的天",或"多少次了,在一流碧水旁边,忧愁倚下她低垂的脸"。

惜花,解花太东方,亲昵自然,含着人性的细致是东方传统的情绪。

此外年龄还有尺寸,一样是愁,却跃跃似喜,十六岁时的,微风零乱,不颓废,不空虚,踮着理想的脚充满希望,东方和西方却一样。人老了脉脉烟雨,愁吟或牢骚多折损诗的活泼。大家如香山,稼轩,东坡,放翁的白发华发,很少不梗在诗里,至少是令人不快。话说远了,刚说是惜花,东方老少都免不了这嗜好,这倒不论老的雪鬓曳杖,深闺里也就攒眉千度。

最叫人惜的花是海棠一类的"春红",那样娇嫩明艳,开过了残红满地,太招惹同情和伤感。但在西方即使也有我们同样的花,也还缺乏我们的廊庑庭院。有了"庭院深深深几许",才有一种庭院里特有的情绪。如果李易安的"斜风细雨"底下不是"重门须闭"也就不"萧条"得那样深沉可爱;李后主的"终日谁来"也一样地别有寂寞滋味。看花更须庭院,深深锁在里面认识,不时还得有轩窗栏杆,给你一点凭藉,虽然也用不着十二栏杆倚遍,那么慵弱无聊。

当然旧诗里伤愁太多;一首诗竟像一张美的证券,可以照着市价去兑现!所以庭花,乱红,黄昏,寂寞太滥,诗常失却诚实。西洋诗,恋爱总站在前头,或是"忘掉",或是"记起",月是为爱,花也是为爱,只使全是真情,也未尝不太腻味。就以两边好的来讲。拿他们的月光同我们的月色比,似乎是月色滋味深长得多。花更不用说了;我们的花"不是预备采下缀成花球,或花冠献给恋人的",却是一树一树绰约的,个性的,自己立在情人的地位上接受恋歌的。

所以未恋时的对象最自然的是花，不是因为花而起的感慨——十六岁时无所谓感慨——仅是刚说过的自觉解花的情绪，寄托在那清丽无语的上边，你心折它绝韵孤高，你为花动了感情，实说你同花恋爱，也未尝不可，——那惊讶狂喜也不减于初恋。还有那凝望，那沉思……

一根蛛丝！记忆也同一根蛛丝，搭在梅花上就由梅花枝上牵引出去，虽未织成密网，这诗意的前后，也就是相隔十几年的情绪的联络。

午后的阳光仍然斜照，庭院阒然，离离疏影，房里窗棂和梅花依然伴和成为图案，两根蛛丝在冬天还可以算为奇迹，你望着它看，真有点像银，也有点像玻璃，偏偏那么斜挂在梅花的枝梢上。

二十五年①新年漫记

---

① 指民国二十五年，即一九三六年。

清华园之菊

◎孙福熙

　　归途中,我屡屡计划回来后画中国的花鸟,我的热度是很高的。不料回到中国,事事不合心意,虽然我相信这是我偷懒之故,但总觉得在中国的花鸟与在中国的人一样地不易亲近,是个大原因。现在竟得与这许多的菊花亲近而且画来的也有六十二种,我意外地恢复对我自己的希望。

　　承佩弦兄之邀,我第一次游清华学校。在与澳青君一公君三人殷勤的招待中,我得到很好的印象,我在回国途中渴望的中国式的风景中的中国式人情,到此最浓厚地体味了;而且他们兼有法国富有的活泼与喜悦,这也是我回国后第一次遇见的。

　　在这环境中我想念法国的友人,因为他们是活泼而喜悦的,尤其因为他们是如此爱慕中国的风景人情。在信中我报告他们的第一句就说我在看菊花;实在,大半为了将来可以给他们看的缘故,我尽量地画了下来。

　　从这个机会以后,我与菊花结了极好的感情,于是凡提到清华就想起菊花,而遇到菊花又必想见清华了。

　　在我们和乐的谈话中,电灯光底下,科学馆,公事厅与古月堂等处,满是各种秀丽的菊花,为我新得的清华的印象作美。然而我在清华所见的菊花,大部并不在此而在西园。

广大的西园中，大小的柳树，带了一半未落的黄叶，杂立其间，我们在这曲折的路径中且走且等待未曾想象过的美景。走到水田的旁边，芦苇已转为黄色，小雀们在这里飞起而又在稍远处投下。就在这旁边，有一道篱笆，我们推开柴门进去。花畦很整齐地排列着，其中有一条是北面较高中间洼下的，上面半遮芦帘。许多菊花从这帘中探头向外，呵，我的心花怒放了！

然而引导者并不停足，径向前面的一所茅屋进行。屋向南，三面有土墙，就是挖窝中的泥所筑的，正可利用。留南面，日光可以射入。当我一步一步地从土阶下去时，骤然间满室高低有序的花朵印上我的心头，我惊惧似的喘息，比初对大众演说时更是害羞，听演说的人的心理究竟还容易推测，因为他们只是与我仿佛的人；而众菊花则不然，只要看他们能竭尽心力地表现出各个的特长，可见他们不如大多数人的浅薄的，我疑惧他们不知如何地在窃笑我的丑陋呢。可是，我静下心来体察，满室的庄严与和蔼，他们个个在接纳我。在温和而清丽的气流中，众香轻扑过来，更不必说叶片的向我招展与花头的向我顾盼了。于是我证明在归航中所渴望的画中国花鸟不只是梦想了。

等我上城来带了画具第二次到清华时，再见菊花，知道已变了些样子，半放者已较放大，有几朵的花瓣已稍下垂了。我着急，知道我的生命的迫促，而且珍惜我与花的因缘之难得，于是恨不得两手并画恨不得两眼分看地忙乱开工了。

可是，我敢相信第一次拥抱爱人时所发情感的活痒；满心包围着快乐的畏惧，想立刻得到安慰，又怕亵渎了爱人的尊严，我对于我所爱慕的花将怎样地下笔呢！我深深地体味；此后,这样富有的花将永远保藏在我的纸上,虽然不敢说它将为我所主有;然而我将怎样能使它保留在我的纸上呢?我九分九地相信我不能画像他。试想一想,在一百笔两三百笔始能完成的一幅画中何难有一笔两笔的败笔呢。所以,在这短促不及踌躇中我该留神使这一两百笔丝毫没有污点;我敢说,这比第一次拥抱爱人时之戚戚为将来一生中的交际的污点而担忧者更甚了,因为时间是这样地短促。于是,虽然很急,都因为爱他而不敢轻试,我尽管拿了笔擎在纸上不敢放下去。

我虽然刻刻竭力勉励从阔大处落墨,然而爱好细微的性质总像不可改易的了。在这千变万化奇上有奇的两百余种的当中,我第一张画的是"春水绿波"。洁白的花朵浮在翠绿的叶上,这已够妩媚的了,还有细管的花瓣抱焦黄的花心而射向四周,管的下端放开,其轻柔起伏有如水波的荡漾。我不怕亵渎它而在它面前来说尘埃:无论怎样巨细的秽物沾在它的上面,决不能害它的洁白,因为它有它的本性,不必矜夸而人自然地仰慕它,所以也决不以外物之污浊而害真。我竭尽心目地对它体味,自信当已能领会它的外表不九分也八分了。可是我失败了,明白地看得出,在我纸上的远不及盆中的,——虽然我曾很担忧,因为我的纸上将保藏这样灿烂的花,非我所宜有。然而现在并不因失败而觉得担负的轻松。

镇静了我的抱歉、羞愧与失望的心思,我想,侥幸的花张起眼帘在看我作画,也决不因我不能传出它的神而恼怒的罢,我当如别的浊物之不能损害它是一样的。看了它的宽大与静默,我敢妄想,或者它在启示我,羞愧是不必的,失望尤其是不该,它这样装束这样表现地向人,想必不是毫无用意的。于是我学了他静默的心,自然地有了勇气,继续画下去了。

这许多菊种于我都是新奇而十分可以爱慕的,在急忙而且贪多的手下将先画哪几种呢? 每一种花有纸条标出花名。"夕阳楼"高丈余,宽阔的瓣,内红而外如晚霞;"快雪时晴"直径有一尺,是这样庞大的一个雪球,闪着银光;"碧窗纱"细软而嫩绿,丝丝如垂帘;"银红龙须"从遒劲的细条中染出红芽的柔嫩:满眼各种性质不同的美丽,这与对一切事物一样,我不能品定谁第一,谁其次,我想指定先画谁也是做不到。于是我完全打消优劣的观念,在眼光如灯塔的旋转的时候,我一种一种地画。

高大的枝条上,绛红的一周,围在一轮黄色的花心外,这是很确切的名为"晓霞捧日"的。它的红色非我所能用我可怜的画盘中的颜色配合而摹拟的。它最不愿有人世所有的形与色,却很喜欢有人追过它。少年人学了它的性质,做成愈难愈好的谜语要人去猜,人家猜中了,他便极其高兴。

我要感谢侍奉这种菊花的杨鲁两君,并且很想去领教他们的经验,特请一公兄为我请求。

四点钟以后,太阳渐渐地从花房斜过,只当得一角了,在微微的晚寒中我忙乱地画着。缓得几乎听不出的步声近我而来,到了我近旁时我才仰起头来看他。这就是种这菊花的杨寿卿先生。

眉目不轩不轾,很平静地表出他的细致与和蔼,从不轻易露出牙齿的口唇上立刻知道他是沉默而忍耐的,而额角以下口鼻之间的丝丝脉理是十分灵敏,自然地流露他的智慧,杨先生或指点或抚弄他亲爱的菊花,对我讲他培养的经验。

他种菊已五年了,然而他的担任清华学校职务是从筹备开办时起的。他说:"每天做事很单调也很辛苦,所以种种菊花。"辛苦而再用心用力来种菊就可不辛苦,这有点道理了!

我竭力设想他所感觉到的菊花,然而这是怎么能够呢。他是从菊花的很小的萌芽看起的,而且他知道它们的爱恶,用了什么肥料它们便长大,受了多少雨水与日光它们便喜悦,他还知道今年的花与往年的比较。我是外行人,就是辨别花的形色也是不确实的;而他们要在没有花时识别花的种类,所以他只要见到叶的一角就认识这是哪一种,这与对家人好友听步声就知道是谁,看物品移动的方位就知道谁来过了是一样的。

每天到四点钟杨先生按时到来了。他提了水壶灌在干渴的花盆中,同时我也得到他灌输给我的新知识。

我以前只知道菊花是插枝的,倘若接枝它便开得更好,有的接在向日葵上,开来的菊花就如向日葵的大了。现在知道菊是可以采用种子。插枝永远与母枝不变;而欲得新奇的花种非用种子不可。

这里就有奇怪的事了,取种子十粒下种,长起来便是不同的十种。可是这等新种并不株株是好的,今年四百新种当中只采了二十余种。不足取的是怎样的呢?这大概是每一朵中花瓣大小杂乱,不适合于美的条件统一匀称,所谓不成品是也。不成品的原因大概在于花粉太杂之故,所以收种应用人工配合法。

"紫虬龙"那样美丽的花就是配合而成的。细长直管的"喜地泥封"与拳曲的"紫气东来"相配合,就变了长管而又拳曲,如军乐用号的管子,这样有特性的了。它的父母都是紫色的,它也是紫色。倘若父母是异色的,则新种常像两者之一或介于两者之间,但绝不出两者之外。因为它们在无穷的变化中有若干的规律,所以配种当有限制了。大概花瓣粗细不同的两种配合总是杂乱的,所以配合以粗细相仿者为宜。

花房中,两株一组,有如跳舞的,有许多摆着,杨先生每次来时,拿了纸片,以他好生之德在各组的花间传送花粉。据说种子的结成是很迟的,有的要到第二年一月可收。我推想这类种子当年必不能开花的了,讵知大不然,下种在四月,当初确实很细弱,但到六月以后,他们就加工赶长,竟能长到一丈多高与插枝一样。

凡新种的花一定是很大的,不像老种如"天女散花"与"金连环"等等永远培植不大也不高者。可是第一年的花瓣总是很单的,以后一年一年地多起来;而在初年,花的形状也易变更,第一年是很整齐的,或者次年是很坏了,几年之后始渐渐地固定。

我很爱"大富贵",它正在与"素带"配合。牡丹是被称为富贵花的,然而这名字不能表示它所有性状的大部。我要改称这种菊花为"牡丹",因为它有牡丹所有一切的美德。它的身材一直高到茅屋的顶篷再俯下头来。花的直径大过一尺;展开一瓣,可以做一群小鸟的窠,可以做一对彩蝶的衾裯。我也仰着头瞻望它,希望或者我将因它而有这样丰满这样灿烂的一个心。我明白,它不过是芥子的一小粒花蕾长大起来的,除少数有经验的以外,谁想到他是要成尺余大的花朵的。到现在,蜜蜂闹营营地阵阵飞来道贺,它虽静默着,也乐受蜂们的厚意。杨先生每晚拂刷"牡丹"的花粉送给"素带";他身上是北京人常穿的蓝布大褂,然而他立在锦绣丛中可无愧色,他的服装因他的种种而愈有荣誉了。我可预料而且急切地等待明年新颖种子的产出,我敢与杨鲁两先生约,"你们每年培植出新鲜颜色的菊种,而我也愿竭力研究我可怜的画盘中的颜色,希望能够追随。"这样两种美丽的花,在我们以为无可再美

花

的了，不知明年还要产出许多的更美的新种，我真的神往了。对大众尽力表现这等奥妙是我们"做艺"的人的天职；在不可能的时候，我们只有尽心超脱自己，虽然我是不以此为满足的。

一人在远隔人群的花房中，听晚来归去的水鸟单独地在长空中飞鸣，枯去的芦叶惊风而哀怨，花房的茅棚也丝丝飘动，我自问是否比孤鸟衰草较有些希望。满眼的菊花是我的师范，而且做了陪伴我的好友。他们偏不与众草同尽，挺身抗寒，且留给人间永不磨灭的壮丽的印象。我手下正在画"趵突喷玉"，它用无穷的力，缕缕如花筒的放射出来。它是纯白的，然而是灿烂；它是倔强的，然而是建立在柔弱的身体上的。我心领这种教训了。

与杨先生合种菊花的鲁壁光先生正与杨先生同任舍务部职务的。每天正午是公余时间，轮到他来看护菊花。有一次，他引导几位客人来看菊，同时看我纸上的菊花，他看完每页时必移开得很缓，使不露出底下一张上我注有的花名。很高兴地，他与客人看了画猜出花的名字来。他说，"画到这样猜得出，可不容易了。"

当时我非但不觉得他的话对我过誉，我要想，难道画了会不像的？所以我还可以生气。我自己所觉得可以骄傲的，我相信，在中国不会有人为他们画过这许多种，我对他们感激，而他们也当认我为难逢罢。

临行的前夜，我到俱乐部去向杨先生道别，他在看人下棋。这一次的谈话又给我许多很大的见识。其中有一段，他说，"北京曾有一人，画过一本菊谱。"我全神贯注地听他了。他继续说，"他们父女合画，那是画得精细，连叶脉都画得极真的。因为每一种的叶都不同，叶子比花还重要，花不是年年一样的,在一年内必定画不好。所以要画一定要自己种花知道今年这花开好了,可以画了。那两位父女自己种花,而且画了五年才成的。"我以为我的画菊是空前的。然而这时候我无暇忏悔我以前的自满了,我渴想探问他,在哪里可以见到这本菊谱,但我不敢急忙就说,于是曲折地先问。

"这位先生姓什么呢?"

"姓蔡的。"

"杨先生与他很熟识吗?"

"不熟识的。"

"能够间接介绍去一看吗?"

"我也只见过一页。那真精细,真的用功夫的呢。"

杨先生幼年时就种菊花,因为他的父亲是爱花的,而且他家已三代种菊了。

为什么自己以为是高尚以为是万能的人总是长着一样可憎的口鼻心思,用了这肉体与精神所结构的出品无非像泥模里铸出来的铁锅的冥顽而且脱不出旧样? 菊花们却能在同样的一小粒花蕾中放出这样新奇这样变化富有一切的花朵,非无能的人所曾想象得到甚且看了也不会模仿的。有一种的花瓣细得如玉蜀黍的须了,一大束散着,人没有方法形容它的美,只给它"棕榈拂尘"的一个没有生气的名字;有一种是玉白色的,返光闪闪,它的瓣宽得像莲花的样子,所以名为"银莲",其实还只借用了别种自然物的名称,人不能给它一个更好的名字。还有可奇的,它们为了要不与他种苟同,奇怪得使我欲笑,有一种标明"黄鹅添毛"者,松花小鹅的颜色,每瓣钩曲如受惊的鹅头,挨挤在一群中。最妙的它怕学得不像,特在瓣上长了毛,表示真的受惊而毛悚了,题首的图就是。"黄鹅添毛"

的名字我不喜欢,乃改称它为"小鹅"。

有许多名称是很有趣的,这胜过西洋的花名,然而也有不对的。况且种菊者各自定名,不适用于与人谈讲,最好能如各种科学名词的选择较好者应用,然而这还待先有一种精细而且丰富的菊谱出现。

一班人叫中国要亡了,为什么不去打仗;一班人叫闭门读书就是爱国。倘若这两种人知道我画了菊花甚且愿消费时间做无聊的笔记,定要大加训斥的。我很知道中国近来病急乱投药的情形,他们是无足怪的。其实在用武之地的非英雄的悲哀远比英雄无用武之地者为甚。现在的中国舆论不让人专学乐意的一小部分;因为缺人,所以各人拉弄他人入伍。实在像我这样的人只配画菊花的,本来不必劳这一班那一班人责备的——可是,我要对自己交代明白,我应该画他人不爱而我爱的菊花,一直画到老。我喜欢学他人所不喜欢学的东西,这将是我的长处。

做人二十七年了,以前知道有这许多菊花,知道这许多菊花的性情吗?我知道还有更多的事物为我所不知道的,就是关于菊花的也千倍万倍的多着,我想耐心而且尽力地去考究。宰平先生于讲起古琴时说北京各种专门家之多,可惜他们不说,没有方法知道他们。真的,我们在这富有的人海中感着寂寞感着干燥,可惜我们不知道愿意陪伴我们给我们滋润的人。我决定人间多着有知识懂得生活的人,不只是种菊一事。

12月29日

秋海棠

◎何其芳

　　庭院静静的。仿佛听得见夜是怎样从有蛛网的檐角滑下，落在花砌间纤长的飘带似的兰叶上，微微地颤悸，如刚栖定的蜻蜓的翅，最后静止了。夜遂做成了一湖澄静的柔波，停潴在庭院里，波面浮泛着青色的幽辉。

　　寂寞的思妇凭倚在阶前的石阑干畔。

　　夜的颜色，海上的水雾一样的，香炉里氤氲的烟一样的颜色，似尚未染上她沉思的领域，她仍垂手低头的，没有动。但，一缕银的声音从阶角漏出来了，尖锐，碎圆，带着一点阴湿，仿佛从石砌的小穴里用力地挤出，珍珠似的滚在饱和着水泽的绿苔上，而又露似的消失了。没有继续，没有赓和。孤独的早秋的蟋蟀啊。

　　她举起头。

　　刚才引起她凄凉之感的菊花的黄色已消隐了，鱼缸里虽仍矗立着假山石庞然的黑影，已不辨它玲珑的蜂穴和上面苍翠的普洱草。这初秋之夜如一袭藕花色的蝉翼一样的纱衫，飘起淡淡的哀愁。

　　她更偏起头仰望。

　　景泰蓝的天空给高耸的梧桐勾绘出团圆的大叶，新月如一只金色的小舟泊在疏疏的枝桠间。粒粒星，怀疑是白色的

花

小花朵从天使的手指间洒出来,而遂宝石似的凝固地嵌在天空里了。但仍闪跳着,发射着晶莹的光,且从冰样的天空里,它们的清芬无声地霰雪一样飘堕。

银河是斜斜地横着。天上的爱情也有隔离吗?黑羽的灵鹊是有福了,年年给相思的牛女架起一度会晤之桥。

她的怀念呢,如迷途的鸟漂流在这叹息的夜之海里,或种记忆,或种希冀如红色的丝缠结在足趾间,轻翅因疲劳而渐沉重,望不见一发青葱的岛屿:能不对这辽远的无望的旅程倦厌吗?

她的头又无力地垂下了。

如想得到扶持似的,她素白的手抚上了石阑干。一缕寒冷如纤细的褐色的小蛇从她指尖直爬入心的深处,徐徐地纡旋地蜷伏成一环,尖瘦的尾如因得到温暖的休憩所而翘颤。阶下,一片梧叶悄然下堕,她肩头随着微微耸动,衣角拂着阑干的石棱发出冷的轻响,疑惑是她的灵魂那么无声地坠入黑暗里去了。

她的手又梦幻地抚上鬓发。于是,盘郁在心头的酸辛热热地上升,大颗的泪从眼里滑到美丽的睫毛尖,凝成玲珑的粒,圆的光亮,如青草上的白露,没有微风的撼摇就静静的,不可重拾地坠下……

就在这铺满了绿苔,不见砌痕的阶下,秋海棠苗长出来了。两瓣圆圆地鼓着如玫瑰颊间的酒涡,两瓣长长地伸张着如羡慕昆虫们飞游的翅,叶面是绿的,叶背是红的,附生着茸茸的浅毛,朱色的茎斜斜地从石阑干的础下擎出,如同擎出一个古代的甜美的故事。

通草花

◎李广田

早春花少,蜜蜂要采蜜,必须飞到较远的地方。新出房的蜜蜂是有些晕眩的,而且已忘记了旧时的花路。一只非常明洁的蜜蜂飞到我的案头,嗡嗡地唱着,就在花瓶中的花朵上工作起来了。

"呀,这鲜花生得真妙呵,像这等颜色真是少见呢。"前些天,一个年轻人走来,看了我的花竟这样希罕起来,我觉得这个人真是幸福的了。对于一见了我的花便说"这是假的",而且还贪婪地将花朵触到鼻端,要试试有无花香的那另一女人,我却觉得她是可悯的了。

我感谢那个赠我以好花并花瓶的人,使我的案头添一些颜色。但我又不能不为了赠花人而觉得悲哀;花还在案头开着,而且将永久开着,赠花人却已经谢世了。

那还只是去年秋天的事情呢!赠花人远远从一个古城中归来,说道:"哪,还有什么可意的东西好赠呢,觉得这通草花倒还可爱,——这是旧时代的好饰物,如今却是过时的了,造花人的生意也都渐渐衰落了,但因为知道你欢喜这个,便送了这个来;而且还配来这么一个瓷瓶儿。"把花束插在花瓶里,把花瓶放在书案上,又用了洁白的手指指点着花瓶告诉我道:"你看啊,你可喜欢这瓶上的图画吗?我想你一定会喜欢,于是就买了这花瓶来,因为我当时想起一个诗人的诗句道:'世上的音乐是暂时的,画中的音乐是永久的,它永久与人以幸福。'"说罢,用清脆的声音笑了起来,并说起我原是喜欢那个短命诗人的。原来那白瓷瓶上画着两个绰约的少女,一个弄箫,一个歌舞,确是画得极好的图画呢;就仿佛从那画中人听出一支快乐的歌曲来了。

我接受了赠花人的礼物,我默默地致了我的谢意,我说:"这些都很好,我简直闻到了这通草花的清芬,而且还听到那画中人的歌曲了呢,而且这些将是永久如此的呀。"

从此以后,我就不曾再见过那赠花人,而且也永不能再见了,但愿上帝能赐福那个美丽的灵魂。

那瓶中的花究竟是真的呢,还是假的呢?那画中人的歌曲可还继续演奏着吗,还是根本就不曾发过声音呢?到得现在,就连我自己也不能清楚地解答这些问题了,而且在永久的和暂时的两个世界之间,我也不知道应当把握哪一个了。

蜜蜂先生,你该是我家的一个远门亲戚吧,你的嗅觉可还存在吗?——我听得那初出房的蜜蜂的嗡嗡声,看它在通草花蕊上用力工作,觉得无可如何。

二十五年①春,济南

---

① 指民国二十五年,即一九三六年。

花蕊

◎杨沫

少年读古诗时,诗中有名花蕊夫人者。这名字给我留下了深刻的印象:它美,别有一番清新、动人的感觉。

从小儿,我不像一般小孩子那样喜欢动物,却酷爱花草,——此爱经久不衰,直至今日。十岁左右时,北京家的院子里有两棵海棠树,每到春时,树花开了,那簇簇亭亭玉立的粉白相间的花瓣,彩云似的衬在嫩绿的枝头,望着它,喜得心怦怦跳。自古称美人"艳如桃李",我却觉得桃李不如海棠美。海棠在娇艳中仿佛还另有一种婀娜,清新,荷莲般挺拔、纯洁的感觉。

有一年秋天,院里的海棠意外地又开了满树花。"忽如一夜春风来,千树万树梨花开",我家小院没有这种气魄。但我的心头却宛如千树万树的海棠开了般,我围着这树转,我仰起小小的头——甚至踮起脚尖去凝望这美丽的花。如醉如痴,我被这秋海棠迷住了。

从小我也不大喜欢和同年的小孩子一起玩。我没有玩友。但我从小喜欢读书,喜欢花草,也喜欢音乐。回顾走过的路,书和花,还有音乐成了我一生中最真挚、最接近的朋友。

爱花,观花和欣赏音乐,这都和爱美的心理分不开(当然从文学作品中找到的美感更多)。花和音乐也都给人以美的享受——写到这儿，忽然想起小时候喜爱音乐的一个小插曲：一年暑假，父亲办的学校里，当时著名的昆曲家红豆馆主借学校的房子教学生昆曲。每当听见教室里飘出了悠扬婉转的笛子和洞箫声，还有那幽雅动人的昆曲声，我就像被磁石吸住般痴痴地站在贴近教室的门外，用全部心灵听着，欣赏着。京戏在北京是盛行的，无论街头巷尾，还是留声机里成天价都有"一马离了西凉界……"我嫌京戏锣鼓太响，不喜欢它。可是对于如泣如诉、饱含着万种柔情的昆腔曲调却非常喜爱。而启迪我爱起昆曲的就是红豆馆主。那时，他已经是老头了，我在屋外听他教学生——也听他自己唱。有一天，听着，听着，我激动得再也控制不住自己了，兀地闯进教室里，打断了人们的教唱。我站在红豆馆主的面前，带着孩子的稚气和慌乱，结结巴巴地说：

"请您——请您收我作——作个徒弟……我喜欢昆曲……"

红豆馆主听说我是这个学校校长的女儿，慷慨地收下我了。记得我跟他学的第一支曲子名叫"山坡羊"。我好高兴呀！还记得和我一起学唱昆曲的有当时北京大学著名的校花马珏。能和一个漂亮姑娘在一起学习喜爱的昆曲，我更加高兴了。虽然人们看我不过是个傻头傻脑的毛孩子。

虽然，花呀，音乐呀，这些美好的东西，有时可以和我相近、相伴，然而有时——尤其以后在残酷的战争环境中，它们却离我远远的了。不过，这美的陶冶，美的感受，美的挚爱，却在我心头——不，在我整个一生的灵魂里弥漫着，充盈着。我清晰地感到它无时不在，无所不在，朦胧地感到似乎和我的生命并存……

我常常回忆起许多年轻时代的战友。他们纯洁高尚，为革命视死如归——而其中有些人就真的早已英勇牺牲了。这些人的身上散发着一种比花、比音乐更美的美。他们的肉体虽然消失了,可他们那种崇高、无私的精神却仍然在人间散发着馨香——比茉莉,比兰花,比水仙,更为强烈、更为浓郁的香气。在历史的长河中逝去的这些人物,把人类的历史装扮得无比瑰丽,无比美好,无比光辉……我不能想象,比如中国的历史——尤其是民主革命以来的历史,假如没有那些为祖国人民的利益而牺牲了年轻生命的众多共产党人和仁人志士的出现,那么,中国历史将会怎样下笔? 将是什么风貌? 而就是这些人——这些人不朽的灵魂所散发的馨香之气,却比花、比音乐都曾给我更多更深的美感,更多更深的美的激动,给千千万万人民的心头留下了永久的芳香。

1952年夏,我住在北戴河的大海边。二楼上一间一面面海,三面是大玻璃窗的屋子,我坐在桌前望着,波涛滚滚的大海如在身旁。那海上的点点白帆和轻轻振翅飞翔的海鸟,使我的心安谧幽静;那海水无边无际延伸到天边,延伸到无限远的远方,使我的思绪、我的目光也随着延伸——延伸到宇宙、人生,延伸到人生的目的,延伸到无限远、无限深邃的思想深处……有时明丽的锦缎般的海水忽然暴怒起来,天际乌云滚滚,海水奔腾咆哮,我的心也跟着翻腾起来。有时,一轮明月升在天边。它倒映入海,使深色的海水泛起银色的鳞片似的光芒——那美,极美! 使我欢喜得泪下。

从这些不断变幻的美景里,我深深感到宇宙、大自然的无穷奥妙。夜里,我熄了灯,独自躺在床上,静静地听着窗外海水轻轻拍打岩石的声音,我的脑际也在静静地思考着我小说中的人物——那时,我正在写小说《青春之歌》。当时,已写到林道静入狱后与林红在狱中相遇的一些篇章。这些篇章是在那种饱含着革命激情，又荡漾着海的瑰丽景色的安谧心境下写成的。美包围着我，因此，我塑造的林红，不仅外形美，内心也极美，极高尚。林道静、小俞这些女孩子的灵魂也纯洁和美。以后，《青春之歌》许多篇章都反复修改过，唯独在北戴河大海边写的狱中斗争这几章，几乎连原句都很少改动。由于这个小小的创作体会，使我更加热爱美了。不仅爱书中的美，爱花、爱音乐的美，也爱祖国以及世界上一切崇高美好事物的美。

1979 年秋和 1980 年春夏，我在杭州——不，还有莫干山所度过的将近一年的时光，由于被美景包围，有较多的美的感受，大自然赋予我的收获也是不少的。

难忘的莫干山！当我登上这座清凉飒爽曲折的山径以后，恍如登上海上的仙山——"忽闻海上有仙山，山在虚无缥缈间"，《长恨歌》里想象中的虚幻的山，却在我现实的意境中出现。汽车绕着莫干山的环山马路迤逦而上，幽静，悄无人声，渐渐一种仿佛进入桃花源里的感觉攫住了我。翠绿的树，层层叠叠几乎擦着身边，碗口粗的竹子高插入云，浓密地包围着我。不闻鸡犬，不见人影，寂静得好像到了另一个世界。登上山去，这才豁然开朗，发现一幢幢依着山坡盖着的楼房，掩映在绿树中。我住在一楼一间小屋里。雨天，雾气烟云缭绕在山谷中，像灰色的海水在起伏荡漾，这云雾还常常袅袅地穿窗而过——屋子里云烟弥漫不是奇景吗！在这安静的美的奇景包围中，我伏案疾书。一页页稿纸轻捷地跳过指头，绕过心头。因为，置身秀丽的景色中，我就如饮醇酒般，感到兴奋喜悦，写作上也就流利酣畅起来。每天我都能写上二千多字。尽管这里潮湿，心脏病还不时发作。

1979年的整个秋天，我是在杭州度过的。我看到了杭州秋天的美。标志着秋色的桂花，常在路旁一棵紧挨一棵地向你飘来淡淡的却又是浓郁的香气。那淡白色的，米黄色的朵朵小花，仿佛一个个端庄、美丽的姑娘，在向你嫣然微笑，令人心旷神怡。1980年，我又在西子湖畔度过春天和夏天。这儿青山绿水，到处是我喜爱的花和树。尤其忘不了的是孤山公园里的红杜鹃。一天午后，我从西泠饭店出来散步，过了西泠桥进入桥旁的孤山。我正在想着："这个孤山是不是就是梅妻鹤子的林和靖曾经住过的地方呢？……"猛地路边山坡上一簇簇的杜鹃花，像闪耀着的红云在我眼前缭绕起来……时令晚了，有些杜鹃已经褪色了。可是，有些仍然焕发着青春的异彩，艳艳地挂在枝头。我不敢走近它们，因为我太爱它们，我生怕自己走近了，如果动手去摸，去摘，那就不好了。我就只远远地凝视着它们，心里感到快活，甚至忍不住向它们低低絮语：生活——人的一生，应当像这美丽的花，自己无所求，而却给人间以美……

　　西湖名胜的美，泛舟西湖，烟波荡漾的美，我不想多谈了。只说一件印象最深的事吧。去年五月，我和美籍女作家聂华苓等人相聚在西泠饭店的七楼上，登高临下的夜景——西湖夜景的美，却深深撼动了我的心灵。现在让我把这夜的景色再略略形容一下吧：放眼望去，夜间的西湖别是一番魅人的景色——湖周的树木变成了浓浓的墨色，被围在这浓墨中的西湖，像一块灰色闪光的锦缎，湖面上粼粼点点的波光恰是灰色锦缎上的浅浅花纹。远处，城里的万家灯火，明明灭灭，星星点点，恰似暗夜中布满苍宇的颗颗星斗……杭州城变得如此端庄，凝重，隐约，朦胧……一霎间，无分天地上下，我的心头，我的眼底出现了一座缥缈的似有似无的仙境。

也许,现实被我描写得有点神奇、过火了?但我确曾这样感受过。就在这些美的感染、熏陶下,我仿佛年轻起来了,老年的血管奔流着青春的鲜血。每天,我都可以写出一定数量的作品来。而且,充溢着激情,充溢着活力。《东方欲晓》第一部完成了;《不是日记的日记》只写了两个多月,十二三万字也出来了。此外,我还写了一些零星文章。我似一颗种子埋在西湖璀璨的星光下,它很快发芽,很快生长,很快结出果实。我觉得我变成了大自然的宠儿。

因为爱花,喜花,便也常做些有关花的梦。我常梦见自己是一只蝴蝶在花丛中翩翩飞舞,又梦见自己是一只小小的蜜蜂在花蕊上流连忘返。醒来后,这些梦境常常变成狂风后的花瓣,飘零、支碎,朦胧而又迷人地留在记忆里。有时,回顾自己一生走过的路,我又真的像是一只蜜蜂,在人生的大花园里,不停地飞来飞去。我爱百花,尤爱花蕊。我尽力采撷着花蕊中的花粉——采撷着人生的精华。我为人生酿蜜,希望尽可能多酿出一点。每当我酿出蜜来,我就感到生的喜悦,铭感着花蕊给予的厚赐。有时,花因会被摧残,有时,严冬时节再无百花可采,这时,室居蜗房无所事事,我就会感到异常困恼。蜂是因为采花酿蜜而存在。假如生命剥离了这个,生活便会变得黯淡无光。我希望自己永远是一只能够采花酿蜜的小蜂,永远徘徊、飞舞在美丽的花蕊丛中。假如一天,我再无力采花酿蜜了。那时,我不知我的生活将会变得何等黯然、可悲。我不喜欢过这样的日子,因为我是蜜蜂,不是蝴蝶……

1981 年 2 月 8 日至 10 日于北京友谊医院

十八朵花儿

◎蔼子

妹妹睡在带轱辘的摇篮里。小桂哥哥偷偷地把她推到屋子外面。太阳照到妹妹的脸上,她睁开眼,用握着拳头的小手揉揉眼睛,对着哥哥笑了。

笑得真美!眼睛眯眯的,黑眼瞳儿闪着一丝亮光,鼻子皱成一球,小脚一跷,小嘴牵牵拉拉的,就差一点会叫哥哥了。

妹妹是个爱笑的妹妹。小桂给她拍巴掌,她笑;小桂双手蒙着眼,猛一张手,叫一声:"哞!"她也笑;小桂手指撑着眼皮,张开嘴大声叫着:"啊呜!"妹妹还是笑;小桂推着车子跑,小轱辘咿咿呀呀地叫,妹妹也咿咿呀呀地笑。

一朵花儿,两朵花儿。妹妹每笑一回,小桂就算她一朵花儿。笑着,笑着,一朵花儿一朵花儿地往上加。一会儿妹妹笑倦了,尽管小桂推得她满头大汗,她拐着脑袋,呼呼噜噜地睡着,只是不理。小桂停下来,踮起脚亲着妹妹的小脸,左边亲一个,右边也亲一个,又帮妹妹撑开眼皮,轻轻地叫她:"妹妹,小妹妹!"

妹妹还是不醒,多么想妹妹再笑一个。

怎么办呢?小桂想起来:平时妹妹睡着不醒,只要妈妈一抱过去,敞开怀来喂她吃奶,她就醒了,还给妈妈一个微笑。得去把妈妈找来,可是妈妈上街去了。有了,不是有橡皮的奶头子么,往妹妹嘴里一塞,准能逗她笑的。

好容易在屋里找到了奶头子。小桂想把妹妹抱起来,先扶她坐着,抱起来可不行,妹妹不比洋娃娃,怪沉的。只好把她再放下去。小桂学着妈妈的样子亲亲妹妹的脑门,拨开她的嘴把奶头子塞进去,还学着妈妈嘟嘟噜噜地说:"给你,给你。"

果然妹妹睁开眼笑了。"十七朵花儿。"小桂继续数着。只微微一笑,花开得不大,可小桂仔细一看,这朵花儿才好看呢,粉红色的,长睫毛闪了一下,像躲在门后开的一朵聪明的小花,看见顽皮的小孩过来,马上就闭上了。

"开呀,开呀!"小桂摸着妹妹的腮帮跟妹妹斗着眼说,可是,不开。

太阳也在乌云里躲了起来,妹妹睡着。小桂觉得冷清清的,风也来了,叶子也飞起来了,小桂心沉得很,院里又没有别人,很害怕。忽然听见脚步声,小桂猛一惊,是爸爸?刚才还叫小桂来着。

爸爸过来拎起小桂的耳朵,一面说:

"你没长耳朵还是怎么的?"

不讲理的爸爸,明明拎着小桂的耳朵还说小桂没长耳朵呢。

"尽玩儿,大人叫也不答理。还不给我快买包香烟去!"爸爸很有理由地教训小桂。

就不答理这个大人,小桂还是望着妹妹,再笑一个就去买香烟吧,不笑就不去。忽然又想爸爸爱揍人的,揍了小妹妹怎好呢?他就伏在妹妹摇篮上,想护着她。

爸爸拉起小桂,啪啪两个耳刮子,他虎着眼命令小桂:还不去买!

真别扭!这是什么爸爸?揍人不痛么?小桂拉开嘴,差一点要哭,就在这个时候,妹妹笑了,想必是梦里的笑,甜甜的,可也像一朵聪明的小花儿。

"十八朵花儿。"小桂忘了爸爸刚揍过他,只顾高兴地连着上面地数,他俯下身去亲妹妹,两颗眼泪掉在妹妹的脸上,像花瓣上躺着两颗露珠。

"什么十八朵花儿?"爸爸奇怪起来。

"你不懂。"小桂轻声地但是肯定地说,抬起头来,第一次胜利地望着爸爸。

紫丁香

◎张秀亚

如果有人问我喜欢什么颜色，我要指给他看窗前那一株紫丁香。

紫丁香，象征着幻想、美与淡淡的哀愁。

当美国那位女诗人阿梅·罗尔（Amy Lowell）写她那首有名的诗篇《丁香》时，即曾这样唱着：

> 丁香花，
>
> 亮蓝，
>
> 纯白，
>
> 姹紫，
>
> 丁香的颜色……

但我最喜爱的，还是那种高贵的一缕暮烟般的紫色。

当春天听了鹧鸪鸟的口笛，穿过了那朦胧如雨的湿雾而到来时，紫丁香开了。

一朵朵细小的花，是似紫檀刻成的十字架，圣洁的十字架呵，值得天使在上面印上一个吻，值得我们在上面滴上一点泪，代表着人间的最大的哀愁与最高的欢乐的十字架呵，那一抹紫色，笼罩着昔日橄榄园中的忧郁。

每次我看到它，存着异样虔敬的心情。

当紫丁香盛开的时候，那一片片心形的叶子更显得绿了，心形的叶子，好像写着一首首的赞美诗，在这样的叶子中，深藏着那位女诗人阿梅·罗尔诗中的"黄莺儿"，在唱着它们"短小，轻、柔的歌。"在那被花朵压得垂垂的枝柯上，有着那位女诗人歌中的雀鸟，"孵在有斑点的鸟卵上，透过无数春天的光和影，无休歇地窥望着。"至于那些芳香的花朵呢，则是"同早现的月光无声地对谈着"。

是的，丁香花是和月光无声地对语着，那言语，就是它那股浮动的香息。当花开得最盛的时候，庭院里充满了可爱的芬芳，清新得有如伊甸园中第一个春天。

常常有路人走过花园的竹篱墙，他们凝视到墙内的丁香，都不禁驻足，发出了一声赞叹，俯身在墙外地上，拾起几片落花，悄然地去了。

春更深，紫丁香开得更盛了，它像是一堆迸发的火山熔岩，像是一股激溅的，映着满天霞光的海潮，那香息更浓烈了，其中似调和着生的欢笑，与死的哀愁，有如一支壮丽凄怆的管弦乐。

在花盛开的时候，我常常坐在它的近边，任着时光悄悄地流走，忘记了昼，也忘记了夜，紫丁香在向着月亮无声地细语，向着天空，向着每个人它诉说着失去的岁月，那段绚丽的日子，于是，它的香息浮漾在庭园中，那擎托着它的一片片的叶子，密密相接，使人想起一池碧水，失去的年光悄悄地附在叶片上，它在临水自照，有如那个希腊神话中的挪希修斯，它的面上是有笑影呢，还是有泪痕？

在花下，在紫丁香的芬芳中，我又似听到那位异国女诗人在唱：

　　你比苹果花更为灿烂，

你比郁金香更为甘美，
你是我们灵魂中的激流，
在我们那叶形的心灵中奔腾，
你是一切夏季的芬芳，
你象征一切妻与子的温情。
紫丁香是可爱的。
紫丁香是忧郁的花朵，
紫丁香是欢笑的花朵。

　　在紫丁香花丛，我似乎听到了一个露天的管弦乐会，如同
十多年前，在古城的校园中。

丁香结

◎宗璞

今年的丁香花似乎开得格外茂盛,城里城外,都是一样。城里街旁,尘土纷嚣之间,忽然呈出两片雪白,顿使人眼前一亮,再仔细看,才知是两行丁香花。有的宅院里探出半树银妆,星星般的小花缀满枝头,从墙上窥着行人,惹得人走过了还要回头望。

城外校园里丁香更多。最好的是图书馆北面的丁香三角地,种有十数棵白丁香和紫丁香。月光下白的潇洒,紫的朦胧。还有淡淡的幽雅的甜香,非桂非兰,在夜色中也能让人分辨出,这是丁香。

在我住了断续近三十年的斗室外,有三棵白丁香。每到春来,伏案时抬头便看见檐前积雪。雪色映进窗来,香气直透毫端。人也似乎轻灵得多,不那么浑浊笨拙了。从外面回来时,最先映入眼帘的,也是那一片莹白,白下面透出参差的绿,然后才见那两扇红窗。我经历过的春光,几乎都是和这几树丁香联系在一起的。那十字小白花,那样小,却不显得单薄。许多小花形成一簇,许多簇花开满一树,遮掩着我的窗,照耀着我的文思和梦想。

古人词云"芭蕉不展丁香结","丁香空结雨中愁"。在细雨迷蒙中,着了水滴的丁香格外妩媚。花墙边两株紫色的,如同印象派的画,线条模糊了,直向窗前的莹白渗过来。让人觉得,丁香确实该和微雨连在一起。

只是赏过这么多年的丁香,却一直不解,何以古人发明了丁香结的说法。今年一次春雨,久立窗前,望着斜伸过来的丁香枝条上一柄花蕾。小小的花苞圆圆的,鼓鼓的,恰如衣襟上的盘花扣。我才恍然,果然是丁香结!

丁香结,这三个字给人许多想象。再联想到那些诗句,真觉得它们负担着解不开的愁怨了。每个人一辈子都有许多不顺心的事,一件完了一件又来。所以丁香结年年都有。结,是解不完的;人生中的问题也是解不完的,不然,岂不太平淡无味了么?

小文成后一直搁置,转眼春光已逝。要看满城丁香,需待来年了。来年又有新的结待人去解——谁知道是否解得开呢。

1985 年清明—冬至

牡丹的拒绝

◎张抗抗

它被世人所期待、所仰慕、所赞誉，是由于它的美。

它美得秀韵多姿、美得雍容华贵、美得绚丽娇艳、美得惊世骇俗。它的美是早已被世人所确定、所公认了的。它的美不惧怕争议和挑战。

有多少人没有欣赏过牡丹呢？

却偏偏要坐上汽车火车飞机轮船，千里万里跋山涉水；天南海北不约而同、揣着焦渴与翘盼的心，滔滔黄河般地涌进洛阳城。

欧阳修曾有诗云：洛阳地脉花最重，牡丹尤为天下奇。

传说中的牡丹，是被武则天一怒之下逐出京城，贬去洛阳的。却不料洛阳的水土最适合牡丹的生长。于是洛阳人种牡丹蔚然成风，渐盛于唐、极盛于宋。每年阳历四月中旬春色融融的日子，街巷园林千株万株牡丹竞放，花团锦簇香云缭绕——好一座五彩缤纷的牡丹城。

所以看牡丹是一定要到洛阳去看的。没有看过洛阳的牡丹就不算看过牡丹。况且洛阳牡丹还有那么点来历，它因被贬而增值而名声大噪，是否因此勾起人的好奇也未可知。

这一年已是洛阳的第九届牡丹花会。这一年的春却来得迟迟。

连日浓云阴雨,四月的洛阳城冷风嗖嗖。

街上挤满了从很远很远的地方赶来的看花人。看花人踩着年年应准的花期。

明明是梧桐发叶、柳枝滴翠、桃花梨花姹紫嫣红、海棠更已落英纷纷——可洛阳人说春尚不曾到来;看花人说,牡丹城好安静。

一个又冷又静的洛阳,让你觉得有什么地方不对劲。你悄悄闭上眼睛不忍寻觅。你深呼吸掩藏好了最后的侥幸,姗姗步入王城公园。你相信牡丹生性喜欢热闹,你知道牡丹不像幽兰习惯寂寞,你甚至怀着自私的企图,愿牡丹接受这提前的参拜和瞻仰。

然而,枝繁叶茂的满园绿色,却仅有零零落落的几处浅红、几点粉白。一丛丛半人高的牡丹植株之上,昂然挺起千头万头硕大饱满的牡丹花苞,个个形同仙桃,却是朱唇紧闭,皓齿轻咬,薄薄的花瓣层层相裹,透出一副傲慢的冷色,绝无开花的意思。偌大的一个牡丹王国,竟然是一片黯淡萧瑟的灰绿……

一丝苍白的阳光伸出手竭力抚弄着它,它却木然呆立,无动于衷。

惊愕伴随着失望和疑虑——你不知道牡丹为什么要拒绝,拒绝本该属于它的荣誉和赞颂。

于是看花人说这个洛阳牡丹真是徒有虚名;于是洛阳人摇头说其实洛阳牡丹从未如今年这样失约,这个春实在太冷,寒流接着寒流怎么能怪牡丹?当年武则天皇帝令百花连夜速发以待她明朝游玩上苑,百花慑于皇威纷纷开放,唯独牡丹不从,宁可发配洛阳。如今怎么就能让牡丹轻易改了性子?

于是你面对绿色的牡丹园,只能竭尽你想象的空间。想象它在阳光与温暖中火热的激情;想象它在春晖里的辉煌与灿烂——牡丹开花时犹如解冻的大江,一夜间千朵万朵纵情怒放,排山倒海惊天动地。那般恣意那般宏伟,那般壮丽那般浩荡。它积蓄了整整一年的精气,都在这短短几天中轰轰烈烈地迸发出来。它不开则已,一开则倾其所有挥洒净尽,终要开得一个倾国倾城、国色天香。

你也许在梦中曾亲吻过那些赤橙黄绿青蓝紫的花瓣,而此刻你须在想象中创造姚黄魏紫豆绿墨撒金白雪塔铜雀春锦帐芙蓉烟绒紫首案红火炼金丹……想象花开时节洛阳城上空被牡丹映照的五彩祥云;想象微风夜露中颤动的牡丹花香;想象被花气濡染的树和房屋;想象洛阳城延续了一千多年的"花开花落二十日,满城人人皆若狂"之盛况。想象给予你失望的纪念,给予你来年的安慰与希望。牡丹为自己营造了神秘与完美——恰恰在没有牡丹的日子里,你探访了窥视了牡丹的个性。

其实你在很久以前并不喜欢牡丹。因为它总被人作为富贵膜拜。后来你目睹了一次牡丹的落花,你相信所有的人都会为之感动:一阵清风徐来,娇艳鲜嫩的盛期牡丹忽然整朵整朵地坠落,铺散一地绚丽的花瓣。那花瓣落地时依然鲜艳夺目,如同一只奉上祭坛的大鸟脱落的羽毛,低吟着壮烈的悲歌离去。牡丹没有花谢花败之时,要么烁于枝头,要么归于泥土,它跨越委顿和衰老,由青春而死亡,由美丽而消遁。它虽美却不吝惜生命,即使告别也要展示给人最后一次的惊心动魄。

　　所以在这阴冷的四月里,奇迹不会发生。任凭游人扫兴和诅咒,牡丹依然安之若素。它不苟且不俯就不妥协不媚俗,甘愿自己冷落自己。它遵循自己的花期自己的规律,它有权利为自己选择每年一度的盛大节日。它为什么不拒绝寒冷?!

　　天南海北的看花人,依然络绎不绝地涌入洛阳城。人们不会因牡丹的拒绝而拒绝它的美。如果它再被贬谪十次,也许它就会繁衍出十个洛阳牡丹城。

　　于是你在无言的遗憾中感悟到,富贵与高贵只是一字之差。同人一样花儿也是有灵性的,更有品位之高低。品位这东西为气为魂为筋骨为神韵只可意会。你叹服牡丹卓尔不群之姿,方知品位是多么容易被世人忽略或是漠视的美。

女孩子的花

◎唐敏

相传水仙花是由一对夫妻变化而来的。丈夫名叫金盏，妻子名叫百叶。因此水仙花的花朵有两种，单瓣的叫金盏，重瓣的叫百叶。

"百叶"的花瓣有四重，两重白色的大花瓣中夹着两重黄色的短花瓣。看过去既单纯又复杂，像闽南善于沉默的女子，半低着头，眼睛向下看的。悲也默默，喜也默默。

"金盏"由六片白色的花瓣组成一个盘子，上面放一只黄花瓣团成的酒盏。这花看去一目了然，确有男子干脆简单的热情。特别是酒盏形的花芯，使人想到死后还不忘饮酒的男人的豪情。

要是他们在变成花朵之前还没有结成夫妻，百叶的花一定是纯白的。金盏也不会有洁白的托盘。世间再也没有像水仙花这样体现夫妻互相渗透的花朵了吧？常常想象金盏喝醉了酒来亲昵他的妻子百叶，把酒气染在百叶身上，使她的花朵里有了黄色的短花瓣。百叶生气的时候，金盏端着酒杯，想喝而不敢，低声下气过来讨好百叶。这样的时候，水仙花散发出极其甜蜜的香味，是人间夫妻和谐的芬芳，弥漫在迎接新年的家庭里。

刚刚结婚，有没有孩子无所谓。只要有一个人出差，另一个就想方设法跟了去。炉子灭掉、大门一锁,无论到多么没意思的地方也是有趣的。到了有朋友的地方就尽兴地热闹几天,留下愉快的记忆。没有负担的生活,在大地上溜来逛去,被称作"游击队之歌"。每到一地,就去看风景,钻小巷走大街,袭击眼睛看得到的风味小吃。

可是,突然地、非常地想要得到唯一的"独生子女"。

冬天来临的时候,开始养育水仙花了。

从那一刻起,把水仙花看作是自己孩子的象征了。

像抽签那样,在一堆价格最高的花球里选了一个。

如果开"金盏"的花,我将有一个儿子;

如果开"百叶"的花,我会有一个女儿。

用小刀剖开花球,精心雕刻叶茎。一共有六个花苞。看着包在叶膜里像胖乎乎婴儿般的花蕾,心里好紧张。到底是儿子还是女儿呢?

我希望能开出"金盏"的花。

从内心深处盼望的是男孩子。

绝不是轻视女孩子,而是无法形容地疼爱女孩子。

爱到根本不忍心让她来到这个世界。

因为我不能保证她一生幸福,不能使她在短暂的人生中得到最美的爱情。尤其担心她的身段容貌不美丽而受的轻视,假如她奇丑无比却偏偏又聪明又善良,那就注定了她的一生将多么痛苦。

而男孩就不一样。男人是泥土造的,苦难使他们坚强。

"上帝"用泥土创造了男人,却用男人的肋骨造出了女人。肋骨上有新鲜的血和肉,只要轻轻一碰就会痛彻心肠。因此,女子连最微小的伤害也是不能忍受的。

从这个意义来说,女子是一种极其敏锐和精巧的昆虫。她们的触角、眼睛、柔软无骨的躯体,还有那艳丽的翅膀,仅仅是为了感受爱、接受爱和吸引爱而生成的。她们最早预感到灾难,又最早在灾难的打击下夭亡。

一天和朋友在咖啡座小饮。这位比我多了近十年阅历的朋友说:

"男人在爱他喜欢的女人的过程中感到幸福。他感到美满是因为对方接受他为她做的每件事。女人则完全相反,她只要接受爱就是幸福。如果女人去爱去追求她喜欢的男子,那是顶痛苦的事,而且被她爱的男人也就没有幸福的感觉了。这是非常奇妙的感觉。"

在茫茫的暮色中,从座位旁的窗口望下去,街上的行人如水,许多各种各样身世的男人和女人在匆匆走动。

"一般来说,男子的爱比女子长久。只要是他寄托过一段情感的女人,在许多年之后向他求助,他总是会尽心地帮助她的。男人并不太计较那女的从前对自己怎样。"

那一刹那间我更加坚定了要生儿子的决心。男孩不仅仅天生比女孩能适应社会、忍受困苦,且是女人幸福的源泉。我希望我的儿子至少能以善心厚待他生命中的女人,给她们短暂人生中永久的幸福感觉。

"做男人最大的缺点就是,没有办法珍惜他不喜欢的女人对他的爱慕。这种反感发自真心一点不虚伪,他们忍不住要流露出对那女子的轻视。轻浮的少年就更加过分,在大庭广众下伤害那样的姑娘。这是男人邪恶的一面。"

我想到我的女儿,如果她有幸免遭当众的羞辱,遇到一位完全懂得尊重她感情的男人,却把尊重当成了对她的爱,那样的悲哀不是更深吗?在男人,追求失败了并没有破坏追求时的美感;在女人则成了一生一世的耻辱。

怎么样想,还是不希望有女孩。

用来占卜的水仙花却迟迟不开放。

这棵水仙长得从未有过的结实,从来没晒过太阳也绿葱葱的,虎虎有生气。

后来,花蕾冲破包裹的叶膜,像孔雀的尾巴一样张开来,六只绿孔雀停在一块。

每一个花骨朵都胀得满满的,但是却一直不肯开放。

到底是"金盏"还是"百叶"呢?

弗洛伊德的学说已经够让人害怕了,婴儿在吃奶的时期起就有了爱欲。而一生的行为都受着情欲的支配。

偶然听佛学院学生上课,讲到佛教的"缘生"说。关于十二因缘,就是从受胎到死的生命的因果律,主宰一切有形和无形的生命与精神变化的力量是情欲。不仅是活着的人对自身对事物的感觉受着情欲的支配,就连还没有获得生命形体的灵魂,也受着同样的支配。

生女儿的,是因为有一个女的灵魂爱上了做父亲的男子,投入他的怀抱,化作了他的女儿;

生儿子的,是因为有一个男的灵魂爱上了做母亲的女子,投入了她的怀抱,化作她的儿子。

如果我到死也没有听到这种说法,脑子里就不会烙下这么骇人的火印。如今却怎么也忘不了了。

回家,我问我的郎君,"要男孩还是女孩?"

"女孩!"他毫不犹豫地回答。

“男孩!”我气极了!

“为什么?”他奇怪了。

我却无从回答。

就这样,在梦中看见我的水仙花开放了。

无比茂盛,是女孩子的花,满满地开了一盆。

我失望得无法形容。

开在最高处的两朵并在一起的花说:

“妈妈不爱我们,那就去死吧!”

她们俩向下一倒,浸入一盆滚烫的开水中。

等我急急忙忙把她们捞起来,并表示愿意带她们走的时候,她们已经烫得像煮熟的白菜叶子一样了。

过了几天,果然是女孩子的花开放了。

在短短的几天内,她们拼命地怒放开所有的花朵。也有一枝花茎抽得最高的,在这簇花朵中,有两朵最大的花并肩开放着。和梦中不同的,她们不是抬着头的,而是全部低着头,像受了风吹,花向一个方向倾斜。抽得最长的那根花茎突然立不直了,软软地东倒西歪。用绳子捆,用铅笔顶,都支不住。一不小心,这花茎就啪地倒下来。

不知多么抱歉,多么伤心。终日看着这盆盛开的花。

她发出一阵阵锐利的芬芳,香气直钻心底。她们无视我的关切,完全是为了她们自己在努力地表现她们的美丽。

每朵花都白得浮悬在空中,云朵一样停着。其中黄灿灿的花瓣,是云中的阳光。她们短暂的花期分秒流逝。

她们的心中鄙视我。

我的郎君每天忙着公务,从花开到花谢,他都没有关心过一次,更没有谈到过她们。他不知道我的鬼心眼。

于是这盆女孩子的花就更加显出有多么地不幸了。

她们的花开盛了,渐渐要凋谢了,但依然美丽。

有一天停电,我点了一支蜡烛放在桌上。

当我从楼下上来时,发现蜡烛灭了,屋内漆黑。

我划亮火柴。

是水仙花倒在蜡烛上,把火压灭了。是那支抽得最高的花茎倒在蜡烛上。和梦中的花一样,她们自尽了。

蜡烛把两朵水仙花烧掉了,每朵烧掉一半。剩下的一半还是那样水灵灵地开放着,在半朵花的地方有一条黑得发亮的墨线。

我吓得好久回不过神来。

这就是女孩子的花,刀一样的花。

在世上可以做许多错事,但绝不能做伤害女孩子的事。

只剩了养水仙的盆。

我既不想男孩也不想女孩,更不做可怕的占卜了。

但是我命中的女儿却永远不会来临了。

1986年3月妇女节写于厦门

生命如菊

◎任崇喜

我又望见那些花了。

花是在南山之下被人采撷过的,花是在东篱之侧为人把酒吟醉过的,花是在满城尽披黄金甲的长安威武过的,花是在富丽天下无的汴京宋词清韵唱和过的。它撞破时光的栅栏,跨越清冷的寒意,在秋日的枝上大朵大朵地开放,一如秋天的爱人,秋日最纯粹的食粮。你可以想象,在这个霜色浓重日渐沉郁萧杀的季节,能够无拘无束泠泠欢笑的该是怎样的一种花。

是晴朗的午后,我坐在中原小城的一角,面对这个季节独有的蓝莹莹的天,湿润清澈,令人舒心悦目,我习惯于这个方位,为的是掷笔抬头的闲暇之际,恰巧可以望见邻家梯道上的菊。此时此刻,花事正繁,花分得三色:紫的凝重高贵,黄的灿然亲近,白的冰洁飘逸,在明亮的阳光下,别具一番迷人的神韵。在菊与风的绰约里,看着菊在风中烁烁的一片,不知怎的,我仿佛看见那位超乎尘世守拙田园的陶渊明先生正肃立于南山之阴,该是心绪散漫的黄昏时分,菊香打在他恬淡的脸上,那幅东篱采菊的肖像写意成了一句千年绝唱,一种彻悟人生真谛的神情,不为五斗米折腰的率率真真的本性。

春秋最宜读书时,一卷在手,却拢不来那份物我两忘的雅致,想是这无意中的菊所搅的。这无言的花,好像不知道流走的时光,不知道期待的急切,只是一味地姹紫嫣红、浮金泻玉、辉煌霜色,绰约于秋深,酣醉锦绣,写意一页长长的诗意图!一种从古典神秘奇幻的色彩中提炼出来的骄傲,以肃穆的面容、平和的基调坐落在秋冬之间,它安然的姿容使我们想起永恒相酬的生命主题。我所居住的小城,不知怎的与菊结了缘,菊为市花,年年有菊展。那菊花大抵是长短有序平仄和谐的宋词依存的风韵。菊城繁忙的花季,立时便觉有一缕清风吹拂,涌来古城让人感动的气息;菊展的日子,在菊花的天地里徜徉,拣一处真实的细节坐下,坐在历史不经意的门槛之上,便依稀感触八百年前的汴水秋声斯磨耳际,州桥明月为这秋日的尤物笼上一袭如水轻纱,清芬缭绕。那个黄河岸畔的大宋都城,花团锦簇,衣着得体的市民从花间走过,优哉游哉,满脸洋溢志得意满的轻松与惬意。风流的文人墨客,于雅室细品香茗对花吟诵,兴浓之际挥毫直抒曲直之情,谁能说清是为菊为人?而今,宫墙柳后的春风桃花面,小桥流水的闲适,金戈铁马的故事,都沉积成了黄河的泥沙;青色方砖夯就的印痕,都沉淀成了青灯黄卷苍老的面容;不堪负载的言辞文字,只留下了这百感交集的花开放,阐释着秋日的灿烂。春花已尽,秋风渐起,一切都将悄悄地隐去,只留这花在怡然地开放。花枝是老的,花朵是鲜的,让人在凝神之际忘却时光,忘却走来走去的心事。

是谁,浑然的花姿覆盖往事的面容,在平淡的流水里,尘封的岁月显露出一种亲切的真。花朵灿烂,如约的花蕊,开在秋日敞亮的指尖,一如谁微微呼吸的心脏。花开之时是在深秋,天高且蓝,阳光如玉液琼浆般黏稠,所有的菊都在这一种阳光下开放，黄的蕊，粉的瓣，绿的叶，秋日的风沙霜雨都与这菊无关；花在放，树在长，大街上人群熙熙攘攘，时间与小城两下相忘，仿佛从来都如此刻一样。与阳光唯一直接呼应的是菊，年年渲染着无限生机，为曾经的辉煌做一个娇好的注脚。

菊是平民之花，它是世景的一幅画卷。情景有时间解释。天人合一的美感，人世的逍遥与平和，于缓缓的观赏游历中油然而生。菊有一种自然的吸引力，让人不由自主地亲近它，朋友一般地亲切，用心谛听，你能听到花瓣从容开放的声音。小城人爱菊是出了名的，早晨或傍晚，常有人蹬一三轮车花来，街街巷巷窜着卖，花儿或含苞欲放，或初露风情，或仪态万方，伴着黝黑汀湿的泥土，亮丽了这稍稍带点灰色的秋日。人们平和地讨价还价，一定是觉得这渐冷的天依然有美丽的花开，实在是一件好事。葱茏地抱回家一盆，便清爽了所有的心情。以菊的心情去看菊，每时每刻的感觉都是美丽芬芳的。

我不喜欢过艳的花，缘于其太媚；我不喜欢虚伪的人，缘于其不实。很早的时候，家里是养过菊花的，当时我还是翩翩少年郎。姐姐在种植指甲花之类外，不知由哪里移植来几株菊花，绿蓬蓬地喜煞人。女孩子爱花是天性，鲜鲜艳艳地、灵灵性性地扮出一方天；男孩子不爱花是本分，所以养花我从来不沾指，连水也懒得浇，但花开时的快乐却是分享了。菊为白色，冰清玉洁的模样清晰如昨，一片片清雅的花瓣，让人内心里惊过，想不付出劳动原不该有这等眼福的。菊花蛰伏了一个春夏的梦。它的绚丽缘于生命的挣扎，这一如生命的意义。目标在远方，只要你敢于追求，一定会有美好而有意义的形态存留于世的。

菊是冬日前面燃亮的真理，撒播在望秋人的心上，有一种

花

心情在缭绕浩荡。持菊寻雪，能更好地走前面渐冷的路途。菊是一种境界。慷慨独悲歌，强悍为剑气，"手持一枝菊，调笑三千石"不是有恃大清直之意么？中国的气势与古拙尽藏在绵延的游历里，原味的哲理，纯正的古风，醉卧在古典的秋绪里，守一泓微温。说不定正是这样的原由，观菊才成为盛事。岁岁年年，相似的花，不同的人，个中滋味在心中绽成了花。花有时序，花有地偏，读得懂的是花朵，精神之花烁烁，灵灵性性超然于红尘之上；读不懂的依旧是花朵，赏心悦目，风吹化泥尘，唯有香如故。在菊的气息里徜徉，总觉得那滋味缘于生命的清香。菊朴拙自然地站着，碧绿的叶片，精致的花朵，有种自甘平凡的随和。人淡如菊，那至美的境地，让人想生命的美丽原无关宏旨，唯那一份平和与踏实让人感动，这正如大多数人的生命故事似乎很平淡，不够醒目，却底蕴深沉。

　　沉浸于这菊，在这渐深的季节，我写下了上面的文字，点点滴滴都是生命的感怀，生命如菊，当你自觉生活幸福得不能再幸福，或痛苦得不能再痛苦，自觉生命经历美丽或残破或一场梦时，当你心情实在浓郁得不能再浓郁时，就尝试着品一朵秋日的菊吧！

花为媒

◎孙甘露

　　我更喜欢的说法是鲜花的精神分析,但是"花为媒"较有中国风情。因为它首先让我想起的是七十年代普通家庭中那些蒙满灰尘,或者沾着晶莹的自来水滴的塑料花。它们被插在玻璃花瓶中,从那个日渐遥远的年代向随之而来的干花、绢花等等诸如此类的东西频频致意。仿真,是一个意味深长之词,在这里它模仿的是植物成熟期的性感的形象。与此相关的另一个词是栩栩如生。

　　我认识的第一种花是向日葵。作为那个特殊年代的标记,它们被绘制在无所不在的宣传画上,它们永远向着太阳,追随着太阳。我没有想到,作为时尚,有一天它们还会出现在普通家庭的居室里,而且随着时间的流逝,褪去了那重象征含义。

　　源自同样的时代,在我的由电影而获得的记忆中,最为花团锦簇的国度就是金日成的朝鲜,《鲜花盛开的村庄》、《卖花姑娘》、《摘苹果的时候》。总之,与今日在电视中见到的朝鲜迥然不同。鲜花是最容易使人产生错觉的东西,而生活正是需要一系列错觉来加以维持的。

　　时至今日,鲜花已经成了平常之物,在点缀琐碎的日常生活时,它又将令我们产生怎样的错觉? 它们依然是鲜艳易逝的,在它们固有的寓意之上,又将被不同的人群赋予更多的含义,它使人感时伤怀,或者花粉过敏。很少有人能对它无动于衷。当人们说巧舌如簧的人口吐莲花,或者,陈冲在贝尔托鲁齐的影片中吞噬百合花时,鲜花早已沾染了虐恋的色彩。著名的热内,被认为具有受虐倾向的作家,他的主要作品分别是《我们的花儿夫人》及《玫瑰奇迹》。在对统治和屈从的描绘中,一种特殊的时尚使我们对鲜花怀有了更多的莫名感情。

二十多年以后的一天,我偶然路过一处街边花市,在花香四溢、秀色宜人的诸多鲜花之中,我悲剧性地发现了伟大的向日葵:一束真的向日葵。和宣传画中的不同,它们是如此地憔悴,无一例外地耷拉着脑袋,那种永远向阳的精神荡然无存。而四周的玫瑰、雏菊甚至那些不知名的花,枝枝茎直叶盛,含苞待放。

有时候我有一种错觉,向日葵是我认识的唯一的花种,玫瑰、水仙、雏菊这类司空见惯的东西反倒像是某种饰品,与我们质朴的生活格格不入。我们通过时代触摸生活最纤细的神经,从花香中嗅到我们沉醉于其中的细枝末节所蕴涵的痛楚。当我们以鲜花装点居室,逐渐淡忘它们的寓意时,鲜花的容貌才真正向我们显现。

鲜花是我们的秘密语言,我们从容得体的使者,它的灿烂而短暂的生命在人们中间准确传递着各种曲折的信息。婚礼和葬礼,生日的烛光之中和逝者的墓石之上,那些缤纷的花瓣,既是对人世的祝福,也是对彼岸的一丝遥远的安慰。

想念荷花

◎琦君

"夏日正清和,西湖十里好烟波。银浪里,弄锦梭。人唱采莲歌……"父亲教我唱这首诗时,并不在荷花盛开的杭州西子湖畔,而是在很少看到荷花的故乡,浙江永嘉瞿溪镇。

那时,我还不到十岁。在四五岁时,由大人抱着在西湖游艇里剥莲蓬、啃雪藕的情景,已经十分地模糊,也想象不出,西湖的银浪烟波究竟有多美,只觉得父亲敲着膝头,高声朗吟的神情很快乐,音调也很好听。

父亲的生日是农历六月初六日,正是荷花含苞待放的时候。到两个星期后的六月二十四日,便是荷花生日。母亲说荷花盛开,象征父亲身体健康。所以在六月初六那天,她总要托城里的杨伯伯,千方百计地采购来一束满是花蕾的荷花,插在瓶中供佛。等待花瓣渐渐开放,散发出淡淡的清香,与香炉里的檀香味混合在一起,给人一份沉静安详的感觉。

花瓣谢落之后,母亲就拿来和了薄薄的面粉与鸡蛋,在油里稍稍一炸,便是一道别致的甜点。父亲说吃荷花的是俗客。我却说,吃了荷花,便成雅士了。

到了杭州这个十里荷花的天堂,才真正看到那么多那么多的新鲜荷花。我们的家,正靠近西子湖边,步行只需半小时就可到湖滨公园。那条街名叫"花市路"。父亲为此作了一首得意的诗,其中最得意的句子是:"门临花市占春早,居近湖滨归钓迟。"其实父亲很少钓鱼。他带我去湖滨散步,冬天为赏雪,夏天为赏荷。赏雪的时候少,因为天气太冷了,赏荷却是夏天傍晚常常去的。

"家里太热,到湖滨乘凉去。"父亲总是这么说。其实湖滨并不比家里凉爽,因为公园里游人摩肩擦背,反而泛着一股热腾腾的气息。我总是要求:"爸爸,我们坐船吧,你不是唱银浪里,弄锦梭吗?"父亲每回都微笑答应了。可是坐在船上也不觉得凉爽,因为湖水晒了整整一天大太阳,到了夜晚,把热气放散出来,扑面而来的是阵阵热风。词人说"湖水湖风凉不管"的"凉"字,实在是骗人的话。但无论如何,荡着船儿,听桨声欸乃,看淡月疏星,闻荷花阵阵清香,毕竟是人间天上的享受。

六月二十四既然是荷花生日,杭州人的游湖赏花就从六月十八开始,到二十四这一天是最高潮,整个里外湖都放起荷花灯来。大小画舫,来往穿梭,谈笑声中,丝竹满耳。这种游湖,杭州人称之为"落夜湖",欢乐可通宵达旦。

我不是个懂得赏花的雅人,也体会不到周濂溪爱莲的那份高洁情操。我喜欢"落夜湖",只是为了赶热闹。父亲却不爱这种热闹。母亲呢?只要是住在杭州的日子,倒是每年都去"落夜湖"一番。她不是赶热闹,而是替父亲放荷花灯。放一百盏荷花灯,祈求上天保佑父亲长命百岁。所以她坐在船上,总是手拨念佛珠,嘴里低低地念着《心经》。因为外公说过的,父亲和荷花同生日,照佛家说法,是有一段善缘的。

记得有一天,父亲忽然问我:"'新着荷衣人未知,年年湖海客'是什么意思,你懂吗?"我说:"是退隐的意思吧。"父亲笑笑说:"就是我现在的心境,摆脱了官职,一身轻快。"但我觉得他脸上似有一丝蓦然回首的落寞神情。难道父亲仍有用世之心,只是叹知遇难求吗?

抗战军兴,我们举家避寇回到故乡。父亲竟因肺病不治,于翌年溘然长逝。那不幸的一天,正是他的生日六月初六。如此悲痛的巧合,使我们对一向喜爱的荷花,也无心欣赏了。

在兵荒马乱中,我又鼓起勇气,到上海完成大学学业。中文系主任夏老师非常喜爱荷花。有一天,和系里几位同学在街上购物,遇上滂沱大雨,我们就在一间茶楼品茗谈天。俯视马路积水盈尺,老师就作了一首律诗描绘当时情景。最后两句是:"一笑横流容并涉,安知明日我非鱼。"小序中说:"市楼坐雨,与诸生剧谈抵暮。归途流潦没膝,念西湖此时,正万叶跳珠也。"他想象西湖此时,一定也是大雨滴落在荷叶上,形成千万水珠跳跃的壮观吧。

那时杭州陷于日寇,老师慨叹有家归不得,因而格外思念杭州的荷花。

胜利后回到杭州,浙江大学暂借西湖罗苑复校。我去拜谒老师,从书斋窗户向外眺望,远近一片风荷环绕,爱荷的夏老师心情一定是非常愉悦的。他提笔蘸饱了墨,信手画了一幅荷花,由师母题上姜白石的名句"冷香飞上诗句",老师随即落款送给了我。这幅墨荷幸已随身带来台湾,一直悬系壁间。记得那时另一位才华横溢、画梅花的任老师,笑他的荷花画得不像。老师随口笑吟道:"事事输君到画花,墨团羞见玉槎枒。"

不管是"墨团"也好,是"玉槎枒"也好,那总是吟诗作画、自由自在的好时光啊。

花

　　两位老师都在祖国大陆。不久前海外友人来信告知，个性傲岸的任老师早已逝世，而夏老师亦已年迈体衰，而且身不由己地被调到北京从事指定的研究工作。他以垂老之年，一定是更思念杭州、思念西湖无主的荷花吧。他怎能想得到当年在上海时所作的诗"安知明日我非鱼"呢？

　　友人还说，曾在一本刊物上看到夏老师忆西湖的词中，感慨地写道："往事如烟，湖水湖船四十年。"

　　四十年是人生大半岁月，老师已逾八十高龄，他还能再有一个四十年，重回杭州，在亭亭风荷中，享受湖水湖船的优游之乐吗？

　　仰望壁上的墨荷，我好想念故乡的荷花，因为在荷花瓣上，仿佛显现出父亲和老师的音容笑貌。

梅兰竹菊

◎周作人

梅兰竹菊这四种"花"，不晓得叫什么"名堂"，大约是古已有之。据我小时候的记忆，看过《芥子园画传》，不记得是第二集还是第三集了，总之是顶没有什么意思的一集，是这么专讲这梅兰竹菊的四本。它讲的不及山水和人物的好玩，但是那东西或是比较好画的缘故，也或者是别的理由，更有许多人爱好它，喜爱这四样特色。

梅兰竹菊总之是东方的东西，不是西洋的。你只看它一副东方的神气，穿的好像是丝织品，不然是一套棉衣的衣裳，全没见一点时髦气。说没一点时髦气，或者不妥，但不见俗气，和那毛茸茸的所谓洋什么相比，总还可以说不是旃裘之民吧？我们且来考究它们的来源。竹大约最早，见于《禹贡》，梅出在《诗经》和《尚书》，兰也见称于《离骚》，只有菊花最晚出，见赏于陶渊明，已经在东晋了。其实这竹的见称赏，也始见于三国的魏末，菊花在《尔雅》里也有这个名字，不过不曾欣赏它的"秋菊有佳色"罢了。

它在外国的名字，也证明是外来的。在日本只有竹是热带植物，它原来就自有，有"多介"这名字，其余的梅兰和菊都没有本名，至今全是用的汉名了。想来现在的日本生物学者，拿了些和制的名字象"小敦盛草"等，请中国利用，或者是一种报答之道欤？——没有汉名，就是没有名字，想必是带了本地的名称输入去的了。在西洋我们也只有竹不能够知道，它的学名"班部"是南洋的，这与中国字的象形同样神秘。其余菊最佳妙，因为定得适当，义云黄金的花，梅花却不算好，名曰普路木纳，但这字后来考证出来乃是李子，一定硬说是梅，可说是"李代梅僵"了。至于兰花尤其不佳，它在中国被称是王者之香，无人自芳，但其在外国却未被看重，他们称之曰俄耳吉斯，直译出来是睾丸草，说它的根带着小块，这立名非不得当，倒是很有天真烂漫之趣的。但是现在这总已没有办法，兰科植物在学名上只可说是俄耳吉达刻俄斯了。

　　但是梅兰竹菊在我们中国，还自有它们的确定的地位的。不过这也有地域的限制，因为它这是风土如此，没有什么办法。竹子生长黄河以南，到了北方风沙之地，有点长不惯，所以种竹的秘诀，以根实不动摇为第一。"此君"之被尊重，也是在东渡之后，梅子从前只重在调味，说什么暗香疏影，也还是孤山处士的影响。兰出了山，很是娇贵难养，菊若是满天星之流，还不妨随处乱种一番，若是有了别名，便也非有个别名的花园来培养不可。所以由我个人来说，这两种都不是我所能搞得来的，无宁是梅与竹可以一定不动地种着看看。不过，"种花一年，看花十日"，看梅花也不过十多天光景，此外一根老树，也没有好看的地方。那末，还是种竹好罢，这个意思有个朋友别号竹庵，他一定很赞成吧。中国不是到处可以有竹的，那末这也需要择地，我们在北京的人想看竹也不成，还是翻看画谱里梅兰竹菊也罢。

秋菊有佳色

◎周瘦鹃

秋菊有佳色，挹露掇其英。

这是晋代高士陶渊明诗中的名句，与"采菊东篱下，悠然见南山"同为千古所传诵，一方面也就使他成了一位热爱菊花的代表人物。后来民间奉他为九月花神，就为了他爱菊之故。据说他所爱赏的一种菊花，名九华菊。他曾说秋菊盈园，而诗集中仅存九华之一名。此菊越中呼之为"大笑"，白瓣黄心，花头极大，有阔及二寸四五分的，枝叶疏散，香也清胜，九月半开放，在白菊中推为第一。有一次，渊明因九月九日没有酒赏重阳，只枯坐在宅边菊花丛中，采了一大把菊花欣赏着。一会儿望见白衣人到，乃是江州刺史王弘送酒来了，即便欣然就酌，而以菊花为下酒物，也足见他的闲情逸致了。记得一九五一年秋间公园开菊展，我也有盆菊和盆景参加。就中有一个盆景，以渊明为题材，用含蕊的黄色满天星，种在一只椭圆形的紫砂浅盆里，东面一角用细紫竹做成方眼的矮篱，安放一个广窑的老叟坐像，把卷看菊，作为陶渊明，标名"赏菊东篱"。一九五三年秋间，我又参加拙政园的菊展，在一个种着两棵小松的盆景里，再种了一株含苞未放的小黄菊，松下也安放了一个老叟的坐像，标名"松菊犹存"。这两个盆景，都借重他老人家作为题材,博得了观众的好评。

　　我国之有菊花,历史最为悠久,算来已有二三千年了。《礼记·月令》,曾有"季秋之月,鞠有黄华"之句,大概那时只有黄菊一种,不像现在这样十色五光,应有尽有。到了战国时代,爱国诗人屈原的楚辞中,曾有"夕餐秋菊之落英"的名句。为了这一句,后人聚讼纷纭,以为菊花只会干,不会落,怎么说是落英? 其实屈大夫并没有错,落,始也,落英就是说初开的花,色香味都好,确实可吃。

　　一般人都以为重阳可以赏菊,古人诗文中,也常有重阳赏菊的记载。然而据我的经验,每年逢到重阳节,往往无菊可赏,总要延迟到十月。宋代诗人苏东坡也曾经说,岭南气候不常,他原以为菊花开时即重阳,因此在海南种菊九畹,不料到了仲冬方才开放,于是只得挨到十一月十五日,方置酒宴客,补作"重九会"。

　　明太祖朱元璋,曾有一首菊花诗:

　　　　百花发,我不发;我若发,都骇煞。
　　　　要与西风战一场,遍身穿就黄金甲。

　　就咏菊来说,那倒把菊花坚强的斗争精神,全都表达了出来。

　　明代名儒陆平泉初入史馆时,因事和同馆诸人去见宰相严嵩。大家争先恐后挤上前去献媚,陆却退让在后面,不屑和他们争竞。那时他恰见庭中陈列着许多盆菊,就冷冷地说道:"诸君且从容一些,不要挤坏了陶渊明!"语中有刺,十分隽妙;大家听了,都面有愧色。

　　宋高宗时,宫廷中有一位善歌善舞的菊夫人,号"菊部头"，后来不知怎的，称病告归。太监陈源用厚礼聘请了去，把她留在西湖的别墅里，以供耳目之娱。有一天宫廷有歌舞，表演不称帝旨，提举官开礼启奏道："这个非菊部头不可。"于是重新把菊夫人召了进去，从此不出。陈源伤感之余，几乎病倒。有人作了曲献给他，名《菊花新》，陈大喜，将田宅金帛相报。后来陈每听此曲，总是感动得落泪，不久就死了。"菊部头"三字，现在往往用作京剧名艺人的代名词。

　　古今来歌颂菊花的诗文词赋实在太多了，举不胜举。我却单单欣赏宋末爱国者郑所南《铁函心史》中两首诗，真的是诗如其人，不同凡俗。一首是菊花歌，中有句云："万木摇落百草死，正色与秋争光明；背时独立抱寂寞，心香贞烈透寥廓。"一首是餐菊花歌，有："道人四时花为粮，骨生灵气身吐香。闻到菊花大欢喜，拍手笑歌频癫狂……尘尘劫劫黄金身，永救婆婆众生苦"等句，意义深长，浑不辨是咏菊花还是咏他自己。晚节黄花，得了这位铁骨嶙峋的爱国者一唱三叹，更觉生色不少。

　　我藏有一张上海故名画家王一亭所画的册页，画中有黄菊盆栽，高高地供在竹架上，一老者坐在矮几旁，持螯饮酒，意态很为悠闲，真是一幅绝妙的持螯赏菊图。原来菊花开放时，正是秋高蟹肥的季节，旧时一般文人，往往要邀一二知友，边看菊边吃蟹的。昔人小简中，如明代王伯谷寄孙汝师云："江上黄花灿若金，蟹匡大于斗，山气日夕佳，树如沐，翠色满眼，顾安得与足下箕踞拍浮乎？"张孟雨与友乞菊云："空斋如水，不点缀东篱秋色，彭泽笑人。乞移一二种，微香披座，落英可餐，当拉柴桑君持螯赏之也。"这里都是把菊花和蟹联系在一起的。

　　菊花中香气最可爱的，要算梨香菊，要是把手掌覆在花朵上嗅一嗅，就可闻到一种甜香，活像是天津的雅梨。据说最初发见时，还在清代同治、光绪年间，不知由哪一个大官进贡于西太后。太后大为爱赏，后来赏了一本给南通张謇。张家的园丁偷偷地分种出卖，就流传出去，几乎到处都有了。花作白色，品种并不高贵，所可爱的，就是那一股雅梨般的甜香罢了。

在菊花时节，我怀念一位北京种菊的专家刘劼园先生。他正在孜孜不倦地保存旧种，培养新种，获得了很大的成就。近年来他又采用了短日照培植法，使菊花提前一个月到两个月开放，人家的菊花正在含蕊，而他的园地上已有一部分盆菊早就怒放了。

我与刘先生虽未识面，却是神交已久。他曾托苏州老诗人张松身前辈向我征诗，我胡诌了七绝两首寄去，有"松菊为朋心似月，悬知彭泽是前身。黄金万镒何须计，菊有黄花便不贫"等句。刘先生得诗之后，很为高兴，回信说倘有机会，要把他的菊种相报。我对于他老人家的种种名菊，早就心向往之了，只是从未见过，真是时切相思；如今听说要将菊种见赐，怎么不大喜过望呢？可是地北天南，寄递不便，只好望眼欲穿地期待着。一九五六年夏苏州公园的花工濮根福同志，恰好到首都去出席全国先进生产者代表大会，我就写了封信托他带去，向刘先生道候，并婉转地说我老是在想望他的"老圃秋容"。

大会结束后，濮同志回到苏州来了，说曾见过了刘老先生，并带来了菊种六十个，共三十种，分作两份：一份赠与苏州市园林管理处，一份是赠与我的。我拜领之下，欣喜已极，就托濮同志代为培植。刘先生还开了一个名单给我，有"碧蕊玲珑"、"金凤含珠"、"霜里婵娟"、"杏花春雨"、"天孙织锦"、"银河长泻"、"霓裳仙舞"、"武陵春色"、"紫龙卧雪"等等，都是富有诗意的名称。我一个个吟味着,又瞧着那六十个绿油油的脚芽,恨不得立刻看它们开出五色缤纷的好花来。经了濮同志几个月的辛苦培养,六十个芽全都发了叶,含了蕊,末了完全开放,真是丰富多彩,使小园中生色不少。我为了急于参加上海中山公园的菊展,就先取一本半开的黄菊,翻种在一只古铜的三元鼎里,加上一块英石,姿态入画,大书特书道:"北京来的客。"

刘先生不但是个艺菊专家,而且是一位诗人。他虽已年逾古稀,却老而弥健,一面艺菊,一面赋诗,曾先后寄了两张诗笺给我,一诗一词,都以菊为题材。他那契园中的室名斋名,如"寒荣室"、"守淡斋"、"晚香簃"、"延龄馆"、"寄傲轩"等,全都离不了菊,也足见他对于菊花的热爱。

刘先生艺菊,并不墨守陈规,专重老种,每年还用人工传粉杂交,因此新奇的品种层出不穷,真是富于创造性的。他除了采用短日照培植法催使菊花早开外,还想利用原子能,曾赋诗言志云:

原子云何可示踪?内含同位素相冲。

叶中放射添营养,根外追肥易吸溶。

利用驱虫如喷药,预期增产慰劳农。

我思推进秋华上,一样更新喜改容。

我预祝他老人家成功。

1962 年

小紫菊

◎张恨水

　　山野间有小花,紫瓣黄蕊,似金钱菊而微小。叶长圆,大者有齿类菊,小者无齿类枸杞,互生茎上,其面积与花相称,娇细可爱。一雨之后,花怒放,乱草丛中,花穿蓬蓬杂叶而出,带水珠以静植,幽丽绝伦。且花不分季候,非严冬不萎。"鞠有黄华"之会,此花开尤盛,竹下溪边,得此花三五丛,辄多诗意。盖其趣有娇小,在素静,所谓以少许胜多许也。

　　去年仲秋,友人赠佳菊二盆,一丹而一白,肥硕如芙蓉,西风白日中,置阶下片时,凤蝶一双,突来相就,顾未一瞬,蝶又翩然去,且不复至。友笑曰:"能有诗乎?"予乃作短句曰:"怪底蝶来容易去,嫌他赤白太分明。"友黯然,继而笑曰:"穷多年矣,君个性犹是也。"予亦颔之,微笑而已。今年友迁居去,无赠菊者。窗前秋意盎然,又不可无菊,乃于溪畔屋角,搜罗紫花一束,作为瓶供。细君嫌其单调,采黄色美人蕉二朵配衬之。予因填《浣溪沙》一阕曰:"添得茅斋一味凉,瓶花带露供(叶仄)书窗,翻书摇落满瓶香。飘逸尚留高士态,幽娴不作媚人装,黄华同类那寻常。"吟哦数次,细君闻而告之曰:"去年吟菊,为友所哂,而仍狂奴故态耶?"予大笑。复口吟曰:"嫩紫娇黄媚绝伦,一生山野不知名……"细君笑曰:"今日固是重阳,不应断君诗兴,然既曰不作媚人装矣,又奚云媚绝伦乎?"予起视日历,果重阳也。因曰:"媚字不妨改,既是重阳,令人忆潘大临事,予与此君同病,兴尽矣。"遂掷笔而起。

可贵的山茶花

◎邓拓

　　我生平最喜欢山茶花。前年冬末春初卧病期间,幸亏有一盆盛开的浅红色的"杨妃山茶"摆在床边,朝夕相对,颇慰寂寥。有一个早上,突然发现一朵鲜艳的花儿被碰掉了,心里觉得很可惜。我把她拾起来,放在原来的花枝上,借着周围的花叶把她托住。经过了二十天的时间,她还没有凋谢。这是多么强烈的生命力啊!当时我写了一首小诗,称颂这朵山茶花:

　　　　红粉凝霜碧玉丛,淡妆浅笑对东风。
　　　　此生愿伴春长在,断骨留魂证苦衷。

　　她的粉红色花瓣,又嫩又润,恍惚是脂粉凝成的;衬着绿油油的叶子,又厚又有光泽,好像是用碧玉雕成的;一株小树能开许多花朵,前后开花的时间,可以连续两个月。似乎在严寒的季节,她就已经预示了春天的到来;而在东风吹遍大地的时候,她更加不愿离去,即便枝折花落,她仍然不肯凋谢,始终要把她的生命献给美丽的春光。这样坚贞优美的性格,怎能不令人感动啊!

　　今年春节,我有机会在云南的昆明和大理等地,看到各色各样的山茶花。特别是在大理,不但所有的公共场所都遍栽山茶花,而且许多居民的庭院中也尽是山茶花。在这个古老的小县城里,春节前夕的街头,到处摆满了小摊,出售野生的山茶花。我当时看到这番情景,马上产生一个强烈的印象,觉得这个小巧玲珑的古城,把它叫作"茶花城",一点也不过分。美丽的山茶花,使这里的山水人物,全都变得那么娇艳可爱了。仰望苍山,俯瞰洱海,听着五朵金花公社的歌声,看着金花银花姐妹们热情的笑脸,人们的生活更显得丰富而美满,如诗如画,永不凋谢,永远繁荣!

这样美丽的山茶花乃是我国西南地区的特产,而以云南、四川为最。明代的王世懋,在他的著作《学圃杂疏》的"花疏"中写道:

> 吾地山茶重宝珠。有一种花大而心繁者,以蜀茶称,然其色类殷红。尝闻人言,滇中绝胜。余官莆中,见士大夫家皆种蜀茶,花数千朵,色鲜红,作密瓣,其大如杯。云:种自林中丞蜀中得来,性特畏寒,又不喜盆栽。余得一株,长七八尺,舁归,植淡园中,作屋幂于隆冬,春时撤去。蕊多辄摘却,仅留二三花,更大绝,为余兄所赏。后当过枝,广传其种,亦花中宝也。

王世懋是江苏太仓人,为明代著名诗人王世贞的弟弟。从他的这一节记载中,我们可以看出,明代嘉靖年间,江苏等地的山茶花,大概都由四川和云南移植过去的。王世懋在书中还介绍了黄山茶、白山茶、红白茶梅、杨妃山茶等许多品种。在他以后,到明代万历年间,王象晋写了一部《群芳谱》,其中对山茶花又作了详细的介绍:

> 山茶一名曼陀罗,树高者丈余,低者二三尺,枝干交加。叶似木樨,硬有棱,稍厚;中阔寸余,两头尖,长三寸

许;面深绿,光滑;背浅绿,经冬不脱。以叶类茶,又可作饮,故得茶名,花有数种,十月开至二月。有鹤顶茶,大如莲,红如血,中心塞满如鹤顶,来自云南,曰滇茶玛瑙茶,红黄白粉为心,大红为盘,产自温州。宝珠茶,千叶攒簇,色深少态。杨妃茶,单叶,花开早,桃红色,焦萼。白似宝珠,宝珠而蕊白,九月开花,清香可爱。正宫粉、赛宫粉、皆粉红色。石榴茶,中有碎花。海榴茶,青蒂而小。菜榴茶、踯躅茶、类山踯躅。真珠茶、串珠茶,粉红色。又有云茶、磬口茶、茉莉茶、一捻红、照殿红。

在这里介绍了许多种山茶花的名目和特点,很有参考价值。但是,他说山茶又叫作曼陀罗,来往其他作者也这么说,这一点我却有另外的解释。曼陀罗显然是梵语的译音,并非我国原有的名称。而山茶花的原产地的确是我们中国,所以介绍她的本名只能用中国原有的名称,而不应该采用外来的名称。

唐代段成式的《酉阳杂俎》,早已肯定了山茶花的名称和基本特征。他说:"山茶,叶似茶树,高者丈余,花大盈寸,色如绯,十二月开。"到了宋代,范成大在《桂海虞衡志》中,更把山茶花分为南北两大类,一类是以当时的中原,即所谓中州所产的为代表;另一类则是南山茶,就是我们现在所说的云南四川等地的山茶花。估计自古迄今南北各地山茶花的种类,总在一百种上下。正如明代的李时珍在《本草纲目》中所说的,"山茶之名,不可胜数"。这就好比菊花的名目一样,随着人工栽培技术的不断进步,她们的花色品种也必然会越来越多。李时珍在《本草纲目》中还介绍了山茶花的许多用途和医药价值。这就证明,她不但可供人们欣赏,而且是人们养生祛病的良友啊!

虽然,最珍贵的山茶花品种,目前还只能在南方温暖的地带有繁殖的条件。但是也可以断定,只要培植得法,她同样可以适应北方的气候和土壤,而逐渐繁殖起来,只要条件适宜,山茶花的寿命可以延续很久。据明代隆庆年间冯时可写的《滇中茶花记》所说:"茶花最甲海内,……寿经三四百年,尚如新植。"看来在我国南北各地,如果经过植物学家和园艺技师的共同研究,完全有可能把昆明、大理等处最好的山茶花品种,普遍移植,绝无问题。这比起在欧洲、美洲各国种植山茶花,条件要好得多了。人们都知道,法国人加梅尔,在17世纪的时候,曾将中国的山茶花移植到欧洲,后来又移植到美洲。难道我们要在国内其他地区移植还不比他们更容易吗?

　　但是,无论天南海北的人,每当欣赏山茶花的时候,都不应该忘记她还有一段动人的传说。这是流传在云南白族人民中的一个神话故事。它告诉我们:古代有个魔王,嫉恨人间美满的生活,他用魔法把大地变成一片惨白的世界,不让有红花绿叶留在人间。但是,人们是爱惜自己的美好生活的。一位白族的少女,毅然决然地献出了不朽的青春,献出了宝贵的生命,用自己的鲜血,重新染红了山茶花,用自己的胆汁重新染绿了花叶。从那以后,山茶花才更加娇艳地出现在大地上。

　　怪不得历来有无数的诗人,写了无数的诗篇,一致赞赏山茶花的高贵品质。

　　这里应该首先提到宋代苏东坡歌咏山茶花的一首七绝。他写道:

　　　　山茶相对阿谁栽? 细雨无人我独来。
　　　　说似与君君不会,烂红如火雪中开。

宋代另一个著名诗人范成大，也写了许多赞美山茶花的诗，其中有一首绝句是：

折得瑶华付与谁？人间铅粉弄妆迟。

直须远寄骖鸾客，鬓脚飘飘可一枝！

特别应该记住，爱国诗人陆放翁，因为看到花园里有"山茶一树，自冬至清明后，著花不已"，曾经写了两首绝句，大加赞扬：

东园三日雨兼风，桃李飘零扫地空。

惟有小茶偏耐久，绿丛又放数枝红。

雪里开花到春晚，世间耐久孰如君？

凭栏叹息无人会，三十年前宴海云。

在宋代的诗人中，就连曾子固素来被认为不会写诗的人，也都写过几首诗，尽情歌唱山茶花的秀艳和高尚的性格。曾子固的诗中有些句子也很动人。比如，他说："为怜劲意似松柏，欲攀更惜长依依。"他把山茶花和松柏相比，可算得估价极高了。

后来元、明、清各个朝代都有许多著名的诗人和画家，用他们的笔墨和丹青，尽情地描绘这美丽的山茶花。如今，我们生活在东风吹遍大地的新时代，我们要让人民过着日益美满幸福的生活，我们对于如此美丽而高贵的山茶花，怎么能不加倍地珍爱呢！

可贵的山茶花

回忆花

◎车前子

　　李白的"云想衣裳花想容"，我是拿了支毛笔常常书写的。现在一回头，就能看到书架上我画的一张牡丹小品，上有这么几句话：

　　　　云想衣裳花想容，此唐诗中鲜极之句，多次题识，百写不厌。今日送小林。〇二年元月老车。

　　我画了一朵红牡丹一朵黑牡丹，还有一片绿叶，绿叶有花朵那么大。为什么绿叶有花朵那么大？我一不小心它就那么大了。

　　"云想衣裳花想容"的鲜，既不鲜在云上，也不鲜在花上，鲜就鲜在"想"这个字间。前一个"想"有仙气，后一个"想"有娴气，甚或是妖气。欠缺之处是少了点闲气。我不是说闲气有多高的境界，只是近来人到中年，心境有时候不免有等死的时候，故觉得闲气是很好的。我对自己也是很奇怪的，生气勃勃的同时又是死气沉沉。不说死气沉沉也是暮气沉沉的。细想起来还是死气沉沉。生气勃勃是我日常里的一搏，死气沉沉是我铁定的命运。

　　解释"云想衣裳花想容"的学者说"想"就是"像"，这一"像"煞了风景。

有闲气的是李白的这一句："花间一壶酒。"其实这一句也算不上有闲气，仅仅是个铺垫，真正有闲气的是接下来的"独酌无相亲"。朋友多了，注定少了闲气，是一件两难的事。

对我少年生活有过美好引诱的是李贺的"秦宫一生花里活"，这个句子在别的版本上是"秦宫一生花底活"。"花底"的"底"更传神，其中大有奥妙。袁枚有方闲章曰"花里神仙"，我疑心就是从李贺那处来的，被袁枚这么一说，就透着股肤浅、庸俗。袁枚的好处也就是在肤浅和庸俗之中，这中间有袁枚极大的勇气——谁不肤浅我肤浅；谁不庸俗我庸俗。艺术实践上，勇气当然比学问更为重要，也与学问一样具有盲目及欺骗性，以致所谓的先锋派只剩下了勇气。真正的先锋是没有派的，他是那个领域里有学问的人，只是学问对他而言并不重要。

要知道简陋的学问就去看看论文，要知道深奥的学问就去看看眼神，我在培养我的甄别能力，从眼神中看一个人比从论文中看一个人更为可靠。也就是说我从一个人的眼神中更能学到东西。

所有能诉诸文字的学问都是简陋的学问，伟大的学问必然是失传的。话说回来，失传了也不重要，因为伟大的学问之所以伟大，它是对当时的满足，时过境迁也就没什么用处。这就是我一直对学问敬而远之的原因——学问的本质是实用的，也就是使用的和施用的和适用的。

杜甫的"花近高楼伤客心"，比他的"感时花溅泪"蕴藉，朴素，同时又难以描摹得多。"花近高楼伤客心"这意境是常常能感到的意境，要描摹出来却很难描摹，所以杜甫尽管为它立了文字，还是有一种失传的感觉。杜甫是"花底圣贤"。

李商隐的"莺啼若有泪，为湿最高花"，只有李商隐写得出。一个诗人大部分时间在写另一个诗人也在写的东西，只在一生中的刹那，很短的影，很快的花，写只有他写得出的东西。而这些只有他写得出的东西又是以大部分时间在写另一个诗人也在写的东西作铺垫的，否则也看不出来。

我说白居易的"花非花"这三个字还是好的。

小林刚从地坛公园回来，她说：

"牡丹谢的已谢，开的还没开。104 汽车站边的蔷薇倒茂盛。"

看花

◎朱自清

生长在大江北岸一个城市里，那儿的园林本是著名的，但近来却很少；似乎自幼就不曾听见过"我们今天看花去"一类话，可见花事是不盛的。有些爱花的人，大都只是将花栽在盆里，一盆盆搁在架上；架子横放在院子里。院子照例是小小的，只够放下一个架子；架上至多搁二十多盆花罢了。有时院子里依墙筑起一座"花台"，台上种一株开花的树；也有在院子里地上种的。但这只是普通的点缀，不算是爱花。

家里人似乎都不甚爱花；父亲只在领我们上街时，偶然和我们到"花房"里去过一两回。但我们住过一所房子，有一座小花园，是房东家的。那里有树，有花架（大约是紫藤花架之类），但我当时还小，不知道那些花木的名字；只记得爬在墙上的是蔷薇而已。园中还有一座太湖石堆成的洞门；现在想来，似乎也还好的。在那时由一个顽皮的少年仆人领了我去，却只知道跑来跑去捉蝴蝶；有时掐下几朵花，也只是随意揉弄着，随意丢弃了。至于领略花的趣味，那是以后的事：夏天的早晨，我们那地方有乡下的姑娘在各处街巷，沿门叫着："卖栀子花来。"栀子花不是什么高品，但我喜欢那白而晕黄的颜色和那肥肥的个儿，正和那些卖花的姑娘有着相似的韵味。栀子花的香，浓而不烈，清而不淡，也是我乐意的。我这样便爱起花来了。也许有人会问："你爱的不是花罢?"这个我自己其实也已不大弄得清楚,只好存而不论了。

在高小的一个春天,有人提议到城外 F 寺里吃桃子去,而且预备白吃;不让吃就闹一场,甚至打一架也不在乎。那时虽远在五四运动以前,但我们那里的中学生却常有打进戏园看白戏的事。中学生能白看戏,小学生为什么不能白吃桃子呢? 我们都这样想,便由那提议人鸠合了十几个同学,浩浩荡荡地向城外而去。到了 F 寺,气势不凡地呵斥着道人们(我们称寺里的工人为道人),立刻领我们向桃园里去。道人们踌躇着说:"现在桃树刚才开花呢。"但是谁信道人们的话? 我们终于到了桃园里。大家都丧了气,原来花是真开着呢! 这时提议人 P 君便去折花。道人们是一直步步跟着的,立刻上前劝阻,而且用起手来。但 P 君是我们中最不好惹的,"说时迟,那时快",一眨眼,花在他的手里,道人已跟跄在一旁了。那一园子的桃花,想来总该有些可看;我们却谁也没有想着去看。只嚷着:"没有桃子,得沏茶喝!"道人们满肚子委屈地引我们到"方丈"里,大家各喝一大杯茶。这才平了气,谈谈笑笑地进城去。大概我那时还只懂得爱一朵朵的栀子花,对于开在树上的桃花,是并不了然的;所以眼前的机会,便从眼前错过了。

以后渐渐念了些看花的诗,觉得看花颇有些意思。但到北平读了几年书,却只到过崇效寺一次;而去得又嫌早些;那有名的一株绿牡丹还未开呢。北平看花的事很盛,看花的地方也很多;但那时热闹的似乎也只有一班诗人名士,其余还是不相干的。那正是新文学运动的起头,我们这些少年,对于旧诗和那一班诗人名士,实在有些不敬;而看花的地方又都远不可言,我是一个懒人,便干脆地断了那条心了。后来到杭州做事,遇见了 Y 君,他是新诗人兼旧诗人,看花的兴致很好。我和他常到孤山去看梅花。孤山的梅花是古今有名的,但太少;又没有临水的,人也太多。有一回坐在放鹤亭上喝茶,来了一个方面有须、穿着花缎马褂的人,用湖南口音和人打招呼道:"梅花盛开嗒!""盛"字说得特别重,使我吃了一惊;但我吃惊的也只是说在他嘴里"盛"这个声音罢了,花的盛不盛,在我倒并没有什么的。

有一回,Y 来说,灵峰寺有三百株梅花;寺在山里,去的人也少。我和 Y,还有 N 君,从西湖边雇船到岳坟,从岳坟入山。曲曲折折走了好一会,又上了许多石级,才到山上寺里。寺甚小,梅花便在大殿西边园中。园也不大,东墙下有三间净室,最宜喝茶看花;北边有座小山,山上有亭,大约叫"望海亭"罢,望海是未必,但钱塘江与西湖是看得见的。梅树确是不少,密密地低低地整列着。那时已是黄昏,寺里只我们三个游人;梅花并没有开,但那珍珠似的、繁星似的骨都儿,已经够可爱了;我们都觉得比孤山上盛开时有味。大殿上正做晚课,送来梵呗的声音,和着梅林中的暗香,真叫我们舍不得回去。在园里徘徊了一会,又在屋里坐了一会,天是黑定了,又没有月色,我们向庙里要了一个旧灯笼,照着下山。路上几乎迷了道,又两次三番地狗咬;我们的 Y 诗人确有些窘了,但终于到了岳坟。船夫远远迎上来道:"你们来了,我想你们不会冤我呢!"在船上,我们还不离口地说着灵峰的梅花,直到湖边电灯光照到我们的眼。

Y 回北平去了,我也到了白马湖。那边是乡下,只有沿湖与杨柳相间着种了一行小桃树,春天花发时,在风里娇媚地笑着。还有山里的杜鹃花也不少。这些日日在我们眼前,从没有人像煞有介事地提议:"我们看花去。"但有一位 S 君,却特别爱养花;他家里几乎是终年不离花的。我们上他家去,总看他在那里不是拿着剪刀修理枝叶,便是提着壶浇水。我们常乐意看着。他院子里一株紫薇花很好,我们在花旁喝酒,不知多少次。白马湖住了不过一年,我却传染了他那花的嗜好。但重到北平时,住在花事很盛的清华园里,接连过了三个春,却从未想到去看一回。只在第二年秋天,曾经和孙三先生在园里看过几次菊花。"清华园之菊"是著名的,孙三先生还特地写了一篇文,画了好些画。但那种一盆一秆一花的养法,花是好了,总觉没有天然的风趣。直到去年春天,有了些余闲,在花开前,先向人问了些花的名字。一个好朋友是从知道姓名起的,我想看花也正是如此。恰好 Y 君也常来园中,我们一天三四趟地到那些花下去徘徊。今年 Y 君忙些,我便一个人去。我爱繁花老杆的杏,临风婀娜的小红桃,贴梗累累如珠的紫荆,但最恋恋的是西府海棠。海棠的花繁得好,也淡得好;艳极了,却没有一丝荡意。疏疏的高杆子,英气隐隐逼人。可惜没有趁着月色看过;王鹏运有两句词道:"只愁淡月朦胧影,难验微波上下潮。"我想月下的海棠花,大约便是这种光景罢。为了海棠,前两天在城里特地冒了大风到中山公园去,看花的人倒也不少;但不知怎的,却忘了畿辅先哲祠。Y 告诉我那里的一株,遮住了大半个院子;别处的都向上长,这一株却是横里伸张的。花的繁没有法说;海棠本无香,昔人常以为恨,这里花太繁了,却酝酿出一种淡淡的香气,使人久闻不倦。Y 告我,正是刮了一日还不息的狂风的晚上;他是前一天去的。他说他去时地上已有落花了,这一日一夜的风,准完了。

他说北平看花,是要赶着看的:春光太短了,又晴的日子多;今年算是有阴的日子了,但狂风还是逃不了的。我说北平看花,比别处有意思,也正在此。这时候,我似乎不甚菲薄那一班诗人名士了。

超山的梅花

◎郁达夫

　　凡到杭州来游的人,因为交通的便利,和时间的经济的关系,总只在西湖一带,登山望水,漫游两三日,便买些土产,如竹篮纸伞之类,匆匆回去;以为雅兴已尽,尘土已经涤去,杭州的山水佳处,都曾享受过了。所以古往今来,一般人只知道三竺六桥,九溪十八涧,或西湖十景,苏小岳王;而离杭城三五十里稍东偏北的一带山水,现在简直是很少有人去玩,并且也不大有人提起的样子。

　　在古代可不同;至少至少,在清朝的乾嘉道光,去今百余年前,杭州人的好游的,总没有一个不留恋西溪,也没有一个不披蓑戴笠去看半山(即皋亭山)的桃花,超山的香雪的。原因是因为那时候杭州和外埠的交通,所取的路径都是水道;从嘉兴上海等处来往杭州,运河是必经之路。舟入塘栖,两岸就看得到山影;到这里,自杭州去他处的人,渐有离乡去国之感,自外埠到杭州来的人,方看得到山明水秀的一个外廓;因而塘栖镇,和超山、独山等处,便成了一般旅游之人对杭州的记忆的中心。

　　超山是在塘栖镇南,旧日仁和县(现在并入杭县了)东北六十里的永和乡的,据说高有五十余丈,周二十里(《咸淳临安志》作三十七丈),因其山超然出于皋亭黄鹤之外,故名。

从前去游超山，是要从湖墅或拱宸桥下船，向东向北向西向南，曲折回环，冲破菱荇水藻而去的；现在汽车路已经开通，自清泰门向东直驶，至乔司站落北更向西，抄过临平镇，由临平山西北，再驰十余里，就可以到了；"小红唱曲我吹箫"的船行雅处，现在虽则要被汽车的机器油破坏得丝缕无余，但坐船和坐汽车的时间的比例，却有五与一的大差。

　　汽车走过的临平镇，是以释道潜的一首"风蒲猎猎弄轻柔，欲立蜻蜓不自由。五月临平山下路，藕花无数满汀洲"的绝句出名；而超山北面的塘栖镇，又以南宋的隐士、明末清初的田园别墅出名；介于塘栖与超山之间的丁山湖，更以水光山色、鱼虾果木出名；也无怪乎从前的文人骚客，都要向杭州的东面跑，而超山皋亭山的名字每散见于诸名士的歌咏里了。

　　超山脚下，塘栖附近的居民，因为住近水乡，阡陌不广之故，所靠以谋生的完全是果木的栽培。自春历夏，以及秋冬，梅子，樱桃，枇杷，杏子，甘蔗之类的出产，一年总有百万元内外。所以超山一带的梅林，成千成万；由我们过路的外乡人看来，只以为是乡民趣味的高尚，个个都在学林和靖的终身不娶，殊不知实际上他们却是正在靠此而养活妻孥的哩！

　　超山的梅花，向来是开在立春前后的；梅干极粗极大，枝杈离披四散，五步一丛，十步一坂，每个梅林，总有千株内外，一株的花朵，又有万颗左右；故而开的时候，香气远传到十里之外的临平山麓，登高而远望下来，自然自成一个雪海；近年来虽说梅株减少了一点，但我想比到罗浮的仙境，总也只有过之，不会不及。

　　从杭州到超山去的汽车路上，过临平山后，两旁已经有一处一处的梅林在迎送了，而汇聚得最多，游人所必到的看梅胜地,大抵总在汽车站西南,超山东北麓,报慈寺大明堂(亦称大明寺)前头,梅花丛里有一个周梦坡筑的宋梅亭在那里的周围五六里地的一圈地方。

报慈寺里的大殿(大约就是大明堂了罢?),前几年被寺的仇人毁坏了,当时还烧死了一位当家和尚在殿东一块石碑之下。但殿后的一块刻有吴道子画的大士像的石碑,还好好地镶在壁里,丝毫也没有动。去年我去的时候,寺僧刚在募化重修大殿;殿外面的东头,并且已经盖好了三间厢房在作客室。后面高一段的三间后殿,火烧时也不曾烧去,和尚手指着立在殿后壁里的那一块石刻大士像碑说,"这都是这位大慈大悲救苦救难广大灵感观世音菩萨的福佑!"

在何春渚删成的《塘栖志略》里,说大明寺前有一口井,井水甘洌!旁树石碣,刻有"一人堂堂,二曜重光,泉深尺一,点去冰旁;二人相连,不欠一边,三梁四柱烈火然,添却双钩两日全"之碑铭,不识何意等语。但我去大明堂(寺)的时候,却既不见井,也不见碑;而这条碑铭,我从前是曾在一部笔记叫作《桂苑丛谈》的书里看到过一次的。这书记载着:"令狐相公出镇淮海日,支使班蒙,与从事诸人,俱游大明寺之西廊,忽睹前壁,题有此铭,诸宾皆莫能辨,独班支使曰:'得非大明寺水,天下无比八字乎?'众皆恍然。"从此看来,《塘栖志略》里所说的大明寺井碑,应是抄来的文章,而编者所谓不识何意者,还是他在故弄玄虚。当然,寺在山麓,地又近水,寺前寺后,井是当然有一口的;井里的泉,也当然是清洌的;不过此碑此铭,却总有点儿可疑。

大明寺前的所谓宋梅,是一棵曲屈苍老,根脚边只剩下两条树皮围拱,中间空心,上面枝干四叉的梅树。因为怕有人折,树外面全部是用一铁丝网罩住的。树当然是一株老树,起码也要比我的年纪大一两倍,但究竟是不是宋梅,我却不敢断定。去年秋天,曾在天台山国清寺的伽蓝殿前,看见过一株所谓隋梅;前年冬天,也曾在临平山下安隐寺里看见过一枝所谓唐梅;但所谓隋,所谓唐,所谓宋等等,我想也不过"所谓"而已,究竟如何,还得去问问植物考古的专家才行。

出大明堂,从梅花林里穿过,西面从吴昌硕的坟旁一条石砌路上攀登上去,是上超山顶去的大路了。一路上有许多同梦也似的疏林,一株两株如被遗忘了似的红白梅花,不少的坟园,在招你上山,到了半山的竹林边的真武殿(俗称中圣殿)外,超山之所以为超,就有点感觉得到了;从这里向东西北的三面望去,是汪洋的湖水,曲折的河身,无数的果树,不断的低岗,还有塘的两面的点点的人家;这便算是塘栖一带的水乡全景的鸟瞰。

从中圣殿再沿石级上去,走过黑龙潭,更走二里,就可以到山顶,第一要使你骇一跳的,是没有到上圣殿之先的那一座天然石筑的天门。到了这里,你才晓得超山的奇特,才晓得志上所说的"山有石鱼石笋等,他石多异形,如人兽状"诸记载的不虚。实实在在,超山的好处,是在山头一堆石,山下万梅花,至若东瞻大海,南眺钱江,田畴如井,河道如肠,桑麻遍地,云树连天等形容词,则凡在杭州东面的高处,如临平山黄鹤峰上都用得着的,并非是超山独一无二的绝景。

你若到了超山之后,则北去超山七里地外的塘栖镇上,不可不去一到。在那些河流里坐坐船,果树下跑跑路,趣味实在是好不过。两岸人家,中夹一水;走过丁山湖时,向西面看看独山,向东首看看马鞍龟背,想象南宋垂亡,福王在庄(至今其地还叫作福王庄)上所过的醉生梦死脂香粉腻的生涯,以及明清之际,诸大老的园亭别墅,台榭楼堂,或康熙乾隆等数度的临幸,包管你会起一种像读《芜城赋》似的感慨。

又说到了南宋,关于塘栖,还有好几宗故事,值得一提。第一,《卓氏家乘·唐栖考》里说:"唐栖者,唐隐士所栖也;隐士名珏,字玉潜,宋末会稽人。少孤,以明经教授乡里子弟而养其母,至元戊寅,浮图总统杨连真伽,利宋攒宫金玉,故为妖言惑主听,发掘之。珏怀愤,乃货家具,召诸恶少,收他骨易遗骸,瘗兰亭山后,而树冬青树识焉。珏后隐居唐栖,人义之,遂名其地为唐栖。"这镇名的来历说,原是人各不同的,但这也岂不是一件极有趣的故事么?还有塘栖西龙河圩,相传有宋宫人墓;昔有士子,秋夜凭栏对月,忽闻有环珮之声,不寐听之,歌一绝云:"淡淡春山抹未浓,偶然还记旧行踪。自从一入朱门去,便隔人间几万重。"闻之酸鼻。这当然也是一篇绝哀艳的鬼国文章。

塘栖镇跨在一条水的两岸,水南属杭州,水北属德清;商市的繁盛,酒家的众多,虽说只是一个小小的镇集,但比起有些县城来,怕还要闹热几分。所以游过超山,不愿在山上吃冷豆腐黄米饭的人,尽可以上塘栖镇上去痛饮大嚼;从山脚下走回汽车路去坐汽车上塘栖,原也很便,但这一段路,总以走走路坐坐船更为合式。

1935 年 1 月 9 日

快阁的紫藤花

◎徐蔚南

细雨蒙蒙,百无聊赖之时,偶然从《花间集》里翻出了一朵小小枯槁的紫藤花,花色早褪了,花香早散了。啊,紫藤花!你真令人怜爱呢。岂仅怜爱你,我还怀念着你底姊妹们——一架白色的紫藤,一架青莲色的紫藤——在那个园中静悄悄地消受了一宵冷雨,不知今朝还能安然无恙否?

啊,紫藤花!你常住在这诗集里吧;你是我前周畅游快阁的一个纪念。

快阁是陆放翁饮酒赋诗的故居,离城西南三里,正是鉴湖绝胜之处;去岁初秋,我曾经去过了,寒中又重游一次,前周复去是第三次了。但前两次都没有给我多大印象,这次去后,情景不同了,快阁底景物时时在眼前显现——尤其使人难忘的,便是那园中的两架紫藤。

快阁临湖而建,推窗外望:远处是一带青山,近处是隔湖的田亩。田亩间分成红绿黄三色:红的是紫云英,绿的是豌豆叶,黄的是油菜花。一片一片互相间着,美丽得远胜人间锦绣。东向,丛林中,隐约间露出一个塔尖,尤有诗意。桨声渔歌又不时从湖面飞来。这样的景色,晴天固然好,雨天也必神妙,诗人居此,安得不颓放呢?放翁自己说:

"桥如虹,水如空,一叶飘然烟雨中,天教称放翁。"是的,确然天叫他称放翁的。

阁旁有花园二,一在前,一在后。前面的一个又以墙壁分成为二,前半叠假山,后半凿小池。池中植荷花;如在夏日,红莲白莲盖满一池,自当另有一番风味。池前有春花秋月楼,楼下有匾额曰"飞跃处",此是指池鱼言。其实,池中只有很小很小的小鱼,要它跃也跃不起来,如何会飞跃呢?

园中的映山红和踯躅都很鲜妍,但远不及山中野生的自然。

自池旁折向北,便是那后花园了。

我们一踏进后花园,便一架紫藤呈在我们眼前。这架紫藤正在开花最盛的时候,一球一球重叠盖在架上了,俯垂在架旁的尽是花朵。花心是黄的,花瓣是洁白的,而且看上去似乎很肥厚的。更有无数的野蜂在花朵上下左右嗡嗡地叫着——乱哄哄地飞着。它们是在采蜜吗?它们是在舞蹈吗?它们是在和花朵游戏吗?……

我在架下仰望这一堆花,一群蜂,我便想象这无数的白花朵是一群天真无垢的女孩子,伊们赤裸裸地在一块儿拥着,抱着,偎着,卧着,吻着,戏着;那无数的野蜂便是一大群底男孩,他们正在唱歌给伊们听,正在奏乐给伊们听。渠们是结恋了。渠们是在痛快地享乐那阳春。渠们是在创造只有青春,只有恋爱的乐土。

这种想象绝不是仅我一人所有,无论谁看了这无数的花和蜂都将生出一种神秘的想象来。同我一块儿去的方君看见了也拍手叫起来,他向那低垂的一球花朵热烈地亲了个嘴,说道:"鲜美呀!呀,鲜美!"他又说:"我很想把花朵摘下两枝来挂在耳上呢。"

离开这架白紫藤十几步,有一围短短的冬青。绕过冬青,穿过一畦豌豆,又是一架紫藤。不过这一架是青莲色的,和那白色的相比,各有美处。但是就我个人说,却更爱这青莲色的,因为淡薄的青莲色呈在我眼前,便能使我感到一种平和,一种柔婉,并且使我有如饮了美酒,有如进了梦境。

很奇异,在这架花上,野蜂竟一只也没有。落下来的花瓣在地上已有薄薄的一层。原来这架花朵底青春已逝了,无怪野蜂散尽了。

我们在架下的石凳上坐了下来,观看那正在一朵一朵飘下的花儿。花也知道求人爱怜似的,轻轻地落了一朵在我膝上,我俯下看时,颈项里感到飕飕地一冷,原来又是一朵。它接连着落下来,落在我们底眉上,落在我们底脚上,落在我们底肩上。我们在这又轻又软又香的花雨里几乎睡去了。

猝然"骨碌碌"一声怪响,我们如梦初醒,四目相向,颇形惊诧。即刻又是"骨碌碌"地响了。

方君说:"这是啄木鸟。"

临去时,我总舍不得这架青莲色的紫藤,便在地上拾了一朵夹在《花间集》里。夜深人静的时候,我每取出这朵花来默视一会儿。

月夜观昙花记

◎钱歌川

俗传昙花三千年开放一次,而且开时只一现即收,所以极为名贵,很少有人见到。前时在南京,昙花一度开放,使得万人空巷,上海某私人花园中,开了昙花,大卖门票,任人参观,听说因此还发了一笔小财。两次机会我都不在场,不免有些遗憾。

光复后,来台湾,听说这岛上昙花很多,时常开放,毫不为奇。一般人的庭园中,差不多都植了数株,任其自开自谢,并不怎样重视。只有一些显要家中的昙花开时,报上才偶然加以报道,其实就在我住的小巷中,就有好几家邻居的院中,时有此花开放,他们并不郑重其事,请人观赏,自己也不觉得有什么稀奇,所以我虽住在邻近,也没有机会见到。

在我到台未及三月,便很容易地谋得一盆,时时亲自灌溉施肥,树已长到四五尺高了,但两三年还未开过一次花。我在失望之余,只好在晴园老人的客厅中,欣赏他那幅水彩的月下美人图而感到满足了。

昨夜九时,台北植物园中的昙花,有三盆突然同时开放,我听到消息时,已经是在夜间十时了。但机会不可错过,只得匆匆赶去观赏。我们走进植物园的大门,便见睡莲池畔,电炬高张,许多人围在那里,我们知道那一定是陈列昙花的所在了。便大步地走过去,挤入人丛中,果然看见架上陈列着好几盆昙花,一盆中有开到三朵之多的,还有一两朵含苞未放。令人感到奇异的,就是花从叶上生出,由一枝深红的花茎,弯曲地向人前送出一朵洁白的花来。因为它是夜开的,所以花开的方向,不是朝天,而是对人的,但其瓣中的花蕊,却是枝枝都向上伸,下面另有一片大的花心,好像我们口中的舌头一样地,托着所有的花蕊。满开时颇似莲花,而香气也略同,唯有花蕊,则比莲花蕊更薄,简直好像细腻的白纸一样,柔嫩如小孩的肌肤,清香袭人,十分可爱。我们凝视了很久,饱餐了它的清芳,然后才乘车回寓。

这几朵昙花从九时起渐渐开放,我们在十一时到达园中的时候,正值盛开,在我们望着它的当儿又开始闭合了。听说直到翌晨二时,才完全萎谢。盛开的时间很短,一达盛开的程度,同时便开始闭合。从初放到盛开,要经三小时,从始合到萎谢,也要经三小时。普通的花,在满开之后,便要停止在那种状态上,供人赏玩,经过一个相当的时间才萎谢,而昙花却没有这种时候,所以特别珍贵。

昙花是一个缩写的名词,正同安石国产的安石榴,我们简称石榴一样。在《法华经·方便品》上,说"如优昙钵花,时一现耳"。又说,"譬如优华,一切皆爱乐。"所谓优昙华,或优昙钵花,或优昙波罗,或乌昙跋罗,略称优昙,我们又把优字去掉而简称昙花,都是从佛经中 Udambala 的一字翻译出来的。这原有两种:一种只开花而不结实,一种只结实而不开花,只结果而不开花的,即无花果;只开花而不结实的,才是我们所指的昙花。

在《玄应音义》一书上说:"乌昙跋罗花,旧言优昙波罗花,或作优昙婆罗花。叶似黎,果大如拳,其味甘,无花而结实,亦有花而难值,故经中以喻希有者也。"这可见佛经中所说的,都是指开花的一种,又因其难得开花,所以借喻稀有之物,为人所喜爱。我们所谓"昙花一现",便是引用法华经上的词语,说人生短促,好似昙花一开即谢,迅速地就过去了一样。

照佛经的说法看来,昙花绝不是一种时常开花的植物,所以有三千年才开花一次的传说,而且说一株开过一次花之后,即永远不再开花。但台湾的昙花,似乎并没有这样珍奇,有的几乎每年都开花,花色有粉白的,也有淡黄的。开花的时候,一株甚至有开出十几朵之多的。虽说如此,一般文人墨客,或附庸风雅的高官巨贾,还是要对之另眼相看,如日本第一次以文人来做台湾总督的田健治郎,就非常爱好台湾的昙花,并给它取了一个很有诗意的芳名,叫作月下美人。所以这岛上,一般人都这样叫它,而不晓得原是昙花。从前他们对之珍惜,是因为他们相信古代隋炀帝所爱赏的琼花,就是这种夜来开放的昙花呢。

我来台两年有半,直到昨夜才见到这种月下的绰约仙姿,觉得果然名不虚传,非寻常花草可比。白牡丹虽号称花中之王,但没有它这样清香,叶茎也不及它这样奇特而朴实。莲花虽出污泥而不染,香味大小略同,而花瓣却没有它这凝脂一般的细腻,且莲花托上那几片欲枯的花萼,也远不如昙花的白花瓣下,那一丛红色的龙须来得美观,而富有奇趣,我在看过这些昙花之后,才觉得隋炀帝之对此特别赏识,是有理由而且适当的。除写此小文以志眼福外,并赘以俚句:

　　岛上名花入夜开,宛然月下美人来。
　　空劳宋玉窥墙久,一现人间便却回。

令箭荷花

◎周涛

赏花是寂寞者的雅趣。

我说的"赏花"是欣赏、领会自己种的花,而不是在公园里或花市上,那是另一种赏,是纯粹的欣赏,我说的雅趣是领会和深解。只有欣赏自己养的花的人,才是寂寞者;只有寂寞者,才能在养花的过程中理解花。

开花的过程本身就是寂寞的。一花灿然怒放,不知需多久时间的积蓄、成长、酝酿、准备,这期间就是寂寞。花开得越容易、越经常,其花往往碎小;反之,就可能大而奇。一朵奇葩的绽开,是以漫长的沉默为代价的。

我不善养花,但是当我的那盆令箭荷花绽开嫣红的两大朵时,也不禁为之震动。记得几年前的某夏盛开过一些,之后便寂然。现当深秋季节,落叶满阶红不扫,它含苞许久,经寒难舒;搬进室内窗台后,适放暖气,竟开了。

下午的秋阳透过窗玻璃,正罩住它。温暖金黄的光束,仿佛舞台上的灯光笼住芭蕾的舞者,旋转、宁静、舒畅。在阳光透射下,令箭的长叶通体透明,可以看见顺着筋脉的一股暗红的力量直达花梗,输送着一盆土壤的劲道。那花,红成一种猩红,大张的花口里吐出丝绦般的一股金色花蕊,充满了生命的夸耀和欲望,显得性感。任何女人的芳唇在这欲吐还张的猩

令箭荷花

133

艳花瓣面前，都会现出缺乏性感。

　　茶杯一般大小的两朵花，后面托着毛茸茸的粗壮的柄，连结着长叶，贯通着叶脉中的一股暗红的力。不可思议的是，这植物是从哪儿吮吸了这么鲜丽、丰厚的色彩！土壤？阳光？还是水？它把自己的繁殖打扮得如此豪华夺目，在色彩和造型上，胜过了天下的画家。

　　它太会浓墨重彩了，这些大师。

　　它从普普通通的事物中，提炼并创造了自己独有的作品，生命力使它与众不同。它开过了，瞬间辉煌，一时灿烂，拼尽全力，尽美方谢，它美过了。

　　这就是生命。纵使是无语的植物草木，寂寞一季也要赢得一个美得透彻，哪管最终落叶残英。何况人呢？人而不欲美，劣种人也。

一朵午荷

◎洛夫

一

这是去夏九月间的旧事，我们为了荷花与爱情的关系，曾发生过一次温和的争辩。

"真正懂得欣赏荷的人，才真正懂得爱。"

"此话怎讲？"

"据说伟大的爱应该连对方的缺点也爱，完整的爱包括失恋在内。"

"话是这么说，可是这与欣赏荷有啥关系？"

"爱荷的人不但爱它花的娇美，叶的清香，枝的挺秀，也爱它夏天的喧哗，爱它秋季的寥落，甚至觉得连喂养它的那池污泥也污得有些道理。"

"花凋了呢？"

"爱它的翠叶田田。"

"叶残了呢？"

"听打在上面的雨声呀！"

"这种结论岂不太过罗曼蒂克。"

"你认为……"

"欣赏别人的孤寂是一种罪恶。"

其实我和你都不是好辩的人，因此我们的结论大多空洞而可笑，但这次却为你这句淡然的轻责所慑服，临别时，我除了赧然一笑外，还能说些什么呢？

记得那是一个落着小雨的下午，午睡醒来，突然想到去历史博物馆参观一位朋友的画展。为了喜欢那份凉意，手里的伞一直未曾撑开，冷雨溜进颈子里，竟会引起一阵小小的惊喜。沿着南海路懒懒散散地走过去，噘起嘴唇想吹一曲口哨，第一个音符尚未成为完整的调子，一辆红色计程车侧身驰过，溅了我一裤脚的泥水。抵达国家画廊时，正在口袋里乱掏，你突然在我面前出现，并递过来一块雪白的手帕。老是喜欢做一些平淡而又惊人的事，我心想。但当时好像彼此都没有说什么，便沿着画廊墙壁一路看了过去。有一幅画设想与色彩都很特殊，经营得颇为大胆，整个气氛有梵谷的粗暴，一大片红色，触目惊心，有抗议与呼救的双重暗示。我们围观了约有五分钟之久，两人似乎都想表示点意见，但在这种场合，我们通常是沉默的，因为只要任何一方开口，争端必起，容忍不但成了我们之间的美德，也是互相默认的一种胜利者的表示。

这时，室外的雨势越来越大，群马奔腾，众鼓齐擂，整个世界笼罩在一阵阵激越的杀伐声中，但极度的喧嚣中又有着出奇的静。画廊的观众不多，大都面色呆滞，无奈地搓着手在室内兜圈子。雨，终于小了，我们相偕跨进了面对植物园的阳台。

"快过来看!"你靠着玻璃窗失神地叫着。我挨过去向窗外一瞧,正如旧约《创世纪》第一章中所说:"神的灵运行在水面上,神说有光,便有了光。"我顿时为窗下一幅自然的奇景所感动,怔住。

窗下是一大片池荷,荷花多已凋谢,或者说多已雕塑成一个个结实的莲蓬。满池的青叶在雨中翻飞着,大者如鼓,小者如掌,雨粒劈头劈脸洒将下来,鼓声与掌声响成一片,节奏急迫而多变化,声势相当慑人。这种景象,徐志摩看了一定大呼过瘾,朱自清可能会吓得脸色发白;在荷塘边,在柔柔的月色下,他怎么样也无法联想起这种骚动。这时,一阵风吹来,全部的荷叶都朝一个方向翻了过去,犹如一群女子骤然同时撩起了裙子。我在想,朱自清看到会不会因而激起一阵腼腆的窃喜?

我们印象中的荷一向是青叶如盖,俗气一点说是亭亭玉立,之所以亭亭,是因为它有那一把瘦身的腰身,风中款摆,韵致绝佳。但在雨中,荷是一群仰着脸的动物,专注而矜持,显得格外英姿勃发,矫健中另有一种娇媚。雨落在它们的脸上,开始水珠沿着中心滴溜溜地转,渐渐凝聚成一个水晶球,越向叶子的边沿扩展,水晶球也越旋越大,瘦弱的枝秆似乎已支持不住水球的重负,由旋转而左摇右晃,惊险万分。我们的眼睛越睁越大,心跳加速,紧紧抓住窗棂的手掌沁出了汗水。猝然,要发生的终于发生了,荷身一侧,哗啦一声,整个叶面上的水球倾泻而下,紧接着荷枝弹身而起,又恢复了原有的挺拔和矜持,我们也随之嘘了一口气。我点燃一支烟,深深吸了一口,然后缓缓吐出,一片浓烟刚好将脸上尚未褪尽的红晕掩住。

也许由于过度紧张,也许由于天气阴郁,这天下午我除了在思索你那句"欣赏别人的孤寂是一种罪恶"的话外,一直到画廊关门,挥手告别,我们再也没有说什么。

二

但我真正懂得荷,是在今年另一个秋末的下午。

十月的气温仍如江南的初夏,午后无风,更显得有点燠热。偶然想起该到植物园去走走,这次我是诚心去看荷的,心里有了准备,仍不免有些紧张,十来分钟的路程居然走出一掌的汗。跨进园门,首先找到那棵编号廿五的水杉,然后在旁边的石凳上坐憩一下,调整好呼吸后,再轻步向荷池走去。

噫!那些荷花呢?怎么又碰上花残季节,在等我的只剩下满池涌动的青叶,好大一拳的空虚向我袭来。花是没了,取代的只是几株枯干的莲蓬,黑黑瘦瘦,一副营养不良的身架,跟丰腴的荷叶对照之下,显得越发孤绝。这时突然想起我那首《众荷喧哗》中的诗句:

众荷喧哗

而你是挨我最近

最静,最最温柔的一朵

……

我向池心

轻轻扔过去一粒石子

你的脸

便哗然红了起来

其实,当时我还真不明白它的脸为什么会顿然红了起来,也记不起扔那粒石子究竟暗示什么,当然更记不起我曾对它说了些什么,总不会说:"你是君子,我很欣赏你那栉风沐雨,吃污泥而吐清香的高洁"之类的废话吧?人的心事往往是难以牢记的,勉强记住反而成了一种永久的负荷。现在它在何处,我不得而知,或下坠为烂泥,最最温柔的一朵。朋友,这不正足以说明我绝不是只喜欢欣赏他人孤寂的那类人吗?

　　午后的园子很静,除了我别无游客。我找了一块石头坐了下来,呆呆地望着满池的青荷出神。众荷田田亭亭如故,但歌声已歇,盛况不再。两个月前,这里还是一片繁华与喧嚣,白昼与黄昏,池里与池外,到处拥挤不堪;现在静下来了,剩下我独自坐在这里,抽烟,扔石子,看池中自己的倒影碎了,又拼合起来,情势逆转,现在已轮到残荷来欣赏我的孤寂了。

　　想到这里,我竟有些怫然,甚至感到难堪起来。其实,孤寂也并不就是一种羞耻,当有人在欣赏我的孤寂时,我绝不会认为他有任何罪过。朋友,这点你不要跟我辩,兴衰无非都是生命过程中的一部分。今年花事已残,明年照样由根而茎而叶而花,仍然一大朵一大朵地呈现在我们面前,接受人的赞赏与攀折,它却毫无顾忌地一脚踩污泥,一掌擎蓝天,激红着脸大声唱着"我是一朵盛开的莲",唱完后不到几天,它又安静地退回到叶残花凋的自然运转过程中去接受另一次安排,等到第二年再来接唱。

　　扑扑尘土,站起身来,心口感到很闷,有点想吐,寂寞真是一种病吗?绕着荷池走了一圈后,舒服多了,绕第二圈时,突然发现眼前红影一闪而没。放眼四顾,仍只见青荷田田,什么也没有看到。是迷惘？是殷切期盼中产生的幻觉？不甘心，我又回来绕了半匝，然后蹲下身子搜寻，在重重叠叠的荷叶掩盖中，终于找到了一朵将谢而未谢，却已冷寂无声的红莲，我惊喜得手足无措起来，这不正是去夏那挨我最近、最静、最最温柔的一朵吗？

花潮

◎李广田

昆明有个圆通寺。寺后就是圆通山。从前是一座荒山，现在是一个公园，就叫圆通公园。

公园在山上。有亭，有台，有池，有榭，有花，有树，有鸟，有兽。

后山沿路，有一大片海棠，平时枯枝瘦叶，并不惹人注意，一到三四月间，真是花团锦簇，变成一个花世界。

这几天天气特别好，花开得也正好，看花的人也就最多。"紫陌红尘拂面来，无人不道看花回"，办公室里，餐厅里，晚会上，道路上，经常听到有人问答："你去看海棠没有？""我去过了。"或者说："我正想去。"到了星期天，道路相逢，多争说圆通山海棠消息。一时之间，几乎形成一种空气，甚至是一种压力，一种诱惑，如果谁没有到圆通山看花，就好像是一大憾事，不得不挤点时间，去凑个热闹。

星期天，我们也去看花。不错，一路同去看花的人可多着哩。进了公园门，步步登山，接踵摩肩，人就更多了。向高处看，隔着密密层层的绿荫，只见一片红云，望不到边际，真是，"寺门尚远花光来，漫天锦绣连云开"。这时候，什么苍松啊，翠柏啊，碧梧啊，修竹啊……都挽不住游人。大家都一口气地攀到最高峰，淹没在海棠花的红海里。后山一条大路，两旁，四周，都是海棠。人们坐在花下，走在路上，既望不见花外的青天，也看不见花外还有别的世界。花开得正盛，来早了，还未开好，来晚了已经开败，"千朵万朵压枝低"，每棵树都炫耀自己的鼎盛时代，每一朵花都在微风中枝头上颤抖着说出自己的喜悦。"喷云吹雾花无数，一条锦绣游人路"，是的，是一条花巷，一条花街，上天下地都是花，可谓花天花地。可是，这些说法都不行，都不足以说出花的动态，"四厢花影怒于潮"，"四山花影下如潮"，还是"花潮"好。古人写诗真有他的，善于说出要害，说出花的气势。你不要乱跑，你静下来，你看那一望无际的花，"如钱塘潮夜澎湃"，有风，花在动，无风，花也潮水一般地动，在阳光照射下，每一个花瓣都有它自己的阴影，就仿佛多少波浪在大海上翻腾，你越看得出神，你就越感到这一片花潮正在向天空向四面八方伸张，好像有一种生命力在不断扩展。而且，你可以听到潮水的声音，谁知道呢，也许是花下的人语声，也许是花丛中蜜蜂嗡嗡声，也许什么地方有黄莺的歌声，还有什么地方送来看花人的琴声，歌声，笑声……这一切交织在一起，再加上风声，天籁人籁，就如同海上午夜的潮声。大家都是来看花的，可是，这个花到底怎么看法？有人走累了，拣个最好的地方坐下来看，不一会，又感到这里不够好，也许别个地方更好吧，于是站起来，既依依不舍，又满怀向往，慢步移向别处去。多数人都在花下走来走去，这棵树下看看，好，那棵树下看看，也好，伫立在另一棵树下仔细端详一番，更好，看看，想想，再看看，再想想。有人很大方，只是驻足观赏，有人贪心重，伸手牵过一枝花来摇摇，或者干脆翘起鼻子一嗅，再嗅，甚至三嗅。"天公斗巧乃如此，令人一步千徘徊。"人们面对这绮丽的风光，真是徒唤奈何了。

老头儿们看花,一面看,一面自言自语,或者嘴里低吟着什么。老妈妈看花,扶着拐杖,牵着孙孙,很珍惜地折下一朵,簪在自己的发髻上。青年们穿得整整齐齐,干干净净,好像参加什么盛会,不少人已经穿上雪白的衬衫,有的甚至是绸衬衫,有的甚至已是短袖衬衫,好像夏天已经来到他们身上,东张张,西望望,既看花,又看人,阳气得很。青年妇女们,也都打扮得利利落落,很多人都穿着花衣花裙,好像要与花争妍,也有人搽了点胭脂,抹了点口红,显得很突出,可是,在这花世界里,又叫人感到无所谓了。很自然地想起了龚自珍《西郊落花歌》中说的,"如八万四千天女洗脸罢,齐向此地倾胭脂",真也有点形容过分,反而没有真实感了。小学生们,系着漂亮的红领巾,带着弹弓来了,可是他们并没有射击,即便有鸟,也不射了,被这一片没头没脑的花惊呆了。画家们正调好了颜色对花写生,看花的人又围住了画花的,出神地看画家画花。喜欢照相的人,抱着照相机跑来跑去,不知是照花,还是照人,是怕人遮了花,还是怕花遮了人,还是要选一个最好的镜头,使如花的人永远伴着最美的花。有人在花下喝茶,有人在花下弹琴,有人在花下下象棋,有人在花下打桥牌。昆明四季如春,四季有花,可是不管山茶也罢,报春也罢,梅花也罢,杜鹃也罢,都没有海棠这样幸运,有这么多人,这样热热闹闹地来访它,来赏它,这样兴致勃勃地来赶这个开花的季节。还有桃花什么的,目前也还开着,在这附近,就有几树碧桃正开,"猩红鹦绿天人姿,回首夭桃悄失色",显得冷冷落落地呆在一旁,并没有谁去理睬。在这圆通山头,可以看西山和滇池,可以看平林和原野,可是这时候,大家都在看花,什么也顾不得了。

看着看着,实在也有点疲乏,找个地方坐下来休息一下

吧,哪里没有人?都是人。坐在一群看花人旁边,无意中听人家谈论,猜想他们大概是哪个学校的文学教师。他们正在吟诗谈诗:

一个吟道:"泪眼问花花不语,乱红飞过秋千去。"

一个说:"这个不好,哪来的这么些眼泪!"

另一个吟道:"一片花飞减却春,风飘万点正愁人。"

又一个说:"还是不好,虽然是诗圣的佳句,也不好。"

一个青年人抢过去说:"繁枝容易纷纷落,嫩蕊商量细细开,也是杜诗,好不好?"

一个人回答:"好的,好的,思想健康,说的是新陈代谢。"

一个人不等他说完就接上去:"好是好,还不如龚定庵的'落红不是无情物,化作春泥更护花',有辩证观点,乐观精神。"

有一个人一直不说话,人家问他,他说:"天何言哉,四时兴焉,万物生焉,天何言哉。桃李无言,下自成蹊。你们看,海棠并没有说话,可是大家都被吸引来了。"

我也没有说话。想起泰山高处有人在悬崖上刻了四个大字"予欲无言",其实也甚是多事。

回家的路上,还是听到很多人纷纷议论。

有人说:"今年的花,比去年好,去年,比前年好,解放以前,谈不到。"

有人说:"今天看花好,今夜睡好,明天工作好。"

有人说:"明天作文课,给学生出题目,有了办法。"

有人说:"最好早晨来看花,迎风带露的花,会更娇更美。"

有人说:"雨天来看花更好,海棠著雨胭脂透,当然不是大雨滂沱,而是斜风细雨。"

有人说:"也许月下来看花更好,将是花气氤氲。"

有人说:"下星期再来看花,再不来就完了。"

有人说:"不怕花落去,明年花更好。"

好一个"明年花更好"。我一面走着,一面听人家说着,自己也默念着这样两句话:

春光似海,盛世如花。

1962 年 4 月

花城

◎秦牧

　　一年一度的广州年宵花市,素来脍炙人口。这些年常常有人从北方不远千里而来,瞧一瞧南国花市的盛况。还常常可以见到好些国际友人,也陶醉在这东方的节日情调中,和中国朋友一起选购着鲜花。往年的花市已经够盛大了,今年这个花海又涌起了一个新的高潮。因为农村人民公社化以后,花木的生产增加了,今年春节又是城市人民公社化之后的第一个春节,广州去年有累万的家庭妇女和街坊居民投入了生产和其他的劳动队伍。加上今年党和政府进一步安排群众的节日生活,花木供应空前多了,买花的人也空前多了,除原来的几个年宵花市之外,又开辟了新的花市。如果把几个花市的长度累加起来,"十里花街",恐怕是名不虚传了。在花市开始以前,站在珠江岸上眺望那条浩浩荡荡、作为全省三十六条内河航道枢纽的珠江,但见在各式各样的楼船汽轮当中,还错杂着一艘艘载满鲜花盆栽的木船,它们来自顺德、高要、清远、四会等县,载来了南国初春的气息和农民群众的心意。"多好多美的花!""今年花的品种可多啦!"江岸上的人们不禁啧啧称赏。广州有个文化公园,园里今年也布置了一个大规模的"迎春会",花匠们用鲜艳的盆花堆砌出"江山如此多娇"的大花字,除了各种色彩缤纷的名花瓜果外,还陈列着一株花朵灼灼、树冠直径达一丈许的大桃树。这一切,都显示出今年广州的花市是不平常的。

人们常常有这么一种体验:碰到热闹和奇特的场面,心里面就像被一根鹅羽撩拨着似的,有一种痒痒麻麻的感觉。总想把自己所看到和感受的一切形容出来。对于广州的年宵花市,我就常常有这样的冲动。虽然过去我已经描述过它们了,但是今年,徜徉在这个特别巨大的花海中,我又涌起这样的欲望了。

农历过年的各种风习,是我们民族在几千年的历史中形成的。我们现在有些过年风俗,一直可以追溯到一两千年前的史迹中去。这一切,是和许多的历史故事、民间传说、巧匠绝技和群众的美学观念密切联系起来的。在中国的年节中,有的是要踏青的,有的是要划船的,有的是要赶会的……这和外国的什么点灯节、泼水节一样,都各各有它们的生活意义和诗情画意。过年的时候,一向我们各地的花样可多啦:贴春联、挂年画、耍狮子、玩龙灯、跑旱船、放花炮……人人穿上整洁衣服,头面一新,男人都理了发,妇女都修整了辫髻,大姑娘还扎上了花饰。那"糖瓜祭灶,新年来到,姑娘要花,小子要炮,老头儿要一顶新毡帽"的北方俗谚,多少描述了这种气氛。这难道只是欢乐欢乐,玩儿玩儿而已么?难道我们从这隆重的节日情调中不还可以领略到我们民族文化的源远流长,和千百年来人们热烈向往美好未来的心境么?在旧时代苦难的日子里,自然劳动人民不是都能欢乐地过年,但是贫苦的农户,也要设法购张年画,贴对门联;年轻的闺女也总是要在辫梢扎朵绒花,在窗棂上贴张大红剪纸,这就更足以想见无论在怎样困苦中,人们对于幸福生活的强烈的憧憬。在新的时代,农历过年中那种深刻体现旧社会烙印的习俗被革除了,赌博、酗酒、向舞龙灯的人投掷燃烧的爆竹、千奇百怪的禁忌,这一类的事情没有了,那些耍猴子的凤阳人、跑江湖扎纸花的石门人,那些摇着串上铜钱的冬青树枝的乞丐,以及号称从五台山峨眉山下来化缘的行脚僧人不见了。而一些美好的习俗被发扬光大起来,一些古老的风习被赋予了崭新的内容。现在我们也燃放爆竹,但是谁想到那和"驱傩"之类的迷信有什么牵连呢!现在我们也贴春联,但是有谁想到"岁月逢春花遍地;人民有党劲冲天"、"跃马横刀,万众一心驱穷白;飞花点翠,六亿双手绣山河"之类的春联,和古代的用桃木符辟邪有什么可以相提并论之处呢!古老的节日在新时代里是充满青春的光辉了。

这正是我们热爱那些古老而又新鲜的年节风习的原因。"风生白下千林暗,雾塞苍天百卉殚"的日子过去了,大地的花卉越种越美,人们怎能不热爱这个风光旖旎的南国花市,怎能不从这个盛大的花市享受着生活的温馨呢!

而南方的人们也真会安排,他们选择年宵逛花市这个节目作为过年生活里的一个高潮。太阳的热力是厉害的,在南方最热的海南岛上,有一些像菠萝蜜之类的果树,根部也可以伸出地面结出果子来;有一些树木,锯断了用来做木桩,插在地里却又能长出嫩芽。在这样的地带,就正像昔人咏月季花的诗所说的:"花谢花开无日了,春来春去不相关。"早在春节到来之前一个月,你在郊外已经可以到处见到树上挂着一串串鲜艳的花朵了。而在年宵花市中,经过花农和园艺师们的努力,更是人工夺了天工,四时的花卉,除了夏天的荷花石榴等不能见到外,其他各种各样的花几乎都出现了。牡丹、吊钟、水仙、大丽、梅花、菊花、山茶、墨兰……春秋冬三季的鲜花都挤在一起啦!

广州今年最大的花市设在太平路,就是历史上著名的"十三行"一带,花棚有点像马戏的看棚,一层一层衔接而上。那里各个公社、园艺场、植物园的旗帜飘扬,卖花的汉子们笑着高声报价。灯色花光,一片锦绣。我约略计算了一下花的种类,今年总在一百种上下。望着那一片花海,端详着那发着香气、轻轻颤动和舒展着叶芽和花瓣的植物中的珍品,你会禁不住赞叹,人们选择和布置这么一个场面来作为迎春的高潮,真是匠心独运!那千千万万朵笑脸迎人的鲜花,仿佛正在用清脆细碎的声音浅笑低语:"春来了! 春来了!"买了花的人把花树举在头上,把盆花托在肩上,那人流仿佛又变成了一道奇特的花流。南国的人们也真懂得欣赏这些春天的使者。大伙不但欣赏花朵,还欣赏绿叶和鲜果。那像繁星似的金橘、四季橘、吉庆果之类的盆果,更是人们所欢迎的。但在这个特殊的、春节黎明即散的市集中,又仿佛一切事物都和花发生了联系。鱼摊上的金鱼,使人想起了水中的鲜花;海产摊上的贝壳和珊瑚,使人想起了海中的鲜花;至于古玩架上那些宝蓝、均红、天青粉彩之类的瓷器和历代书画,又使人想起古代人们的巧手塑造出来的另一种永不凋谢的花朵了。

广州的花市上,吊钟、桃花、牡丹、水仙等是特别吸引人的花卉。尤其是这南方特有的吊钟,我觉得应该着重地提它一笔。这是一种先开花后发叶的多年生灌木。花蕾未开时被鳞状的厚壳包裹着,开花时鳞苞里就吊下了一个个粉红色的小钟状的花朵。通常一个鳞苞里有七八朵,也有个别多到十多朵的。听朝鲜的贵宾说,这种花在朝鲜也被认为珍品。牡丹被人誉为花王,但南国花市上的牡丹大抵光秃秃不见叶子,真是"卧丛无力含醉妆"。唯独这吊钟显示着异常旺盛的生命力,插在花瓶里不仅能够开花,还能够发叶。这些小钟儿状的花朵,一簇簇迎风摇曳,使人就像听到了大地回春的铃铃铃的钟声。

花市盘桓,令人撩起一种对自己民族生活的深厚情感。我们和这一切古老而又青春的东西异常水乳交融。就正像北京人逛厂甸、上海人逛城隍庙、苏州人逛玄妙观所获得的那种特别亲切的感受一样。看着繁花锦绣,赏着姹紫嫣红,想起这种一日之间广州忽然变成一座"花城",几乎全城的人都出来深夜赏花的情景,真是感到美妙。

在旧时代绵长的历史中,能够买花的只是少数的人,现在一个纺织女工从花市举一株桃花回家,一个钢铁工人买一盆金橘托在头上,已经是很平常的事情了,听着卖花和买花的劳动者互相探询春讯,笑语声喧,令人深深体味到,亿万人的欢乐才是大地上真正的欢乐。

在这个花市里,也使人想到人类改造自然威力的巨大,牡丹本来是太行山的一种荒山小树,水仙本来是我国东南沼泽地带的一种野生植物,经过千百代人们的加工培养,竟使得它们变成了"国色天香"和"凌波仙子"!在野生状态时,菊花只能开着铜钱似的小花,鸡冠花更像是狗尾草似的,但是经过花农的悉心培养,人工的世代选择,它们竟变成这样丰腴艳丽了。"天工人可代,人工天不如。"生活的真理不正是这样么!

在这个花市里,你也不禁会想到各地的劳动人民共同创造历史文明的丰功伟绩。这里有来自福建的水仙,来自山东的牡丹,来自全国各省各地的名花异卉,还有本源出自印度的大丽,出自法国的猩红玫瑰,出自马来亚的含笑,出自撒哈拉沙漠地区的许多仙人掌科植物。各方的溪涧汇成了河流,各地劳动人民的创造汇成了灿烂的文明,在这个熙熙攘攘的市集中不也让人充分感受到这一点么!

你在这里也不能不惊叹群众审美的眼力。人们爱单托的水仙胜过双托的水仙,爱复瓣的桃花又胜过平瓣的桃花。为什么?因为单托水仙显得更加清雅,复瓣红桃才显得更加艳丽,人们爱这种和谐和美!一盆花果,群众也大抵能够一致指出它们的优点和缺点。在这种品评中,你不也可以领略到好些美学的道理么!

总之,徜徉在这个花海中,常常使你思索起来,感受到许多寻常的道理中新鲜的涵义。十一年来我养成了一个癖好,年年都要到花市去挤一挤,这正是其中的一个理由了。

我们赞美英勇的斗争和艰苦的劳动,也赞美由此而获得的幸福生活。因此,花市归来,像喝酒微醉似的,我拉拉扯扯写下这么一些话,让远地的人们也来分享我们的欢乐。

1961 年 2 月,广州

花

花事

◎张中行

　　花是人常接触的外物的一种，与情有千丝万缕的关系，因而在人生中就占有或大或小的位置，像是也应该说说。说，浅尝，容易，"陌上花开"是见，加点情，说"缓缓归"，也不复杂。深钻，即不管走到哪一步都问个所以然，问题就会来一大堆。首先可以问何以会有花。这容易答，是如人之喊"不孝有三，无后为大"，植物也有生命，就也舍不得火绝，要传种。这样说，开花，亦男女居室之类也。传种是目的，开花是手段，目的要铁板钉钉，手段则可以万变。所以花之中就既可以有牡丹之大，又可以有桂花之小，既可以有荷花之娇艳，又可以有枣花之平庸。然后来了更麻烦的问题，人为什么会爱花。这里且不细追，问同是对于花，还有不同的爱，如陶渊明爱的是菊花，周敦颐爱的是莲花。也许还有任何花都不爱的吧？总是很少，可以不管。且说常人常事，由平房小院升为楼居，阳台仅可容一个人坐藤椅晒太阳，也要养几盆花；晨钟夕烛，忙得喘不过气，某园有花展，也要赶着去，买票进去看。这不新奇，更不犯法，没有人无事找事，问为什么。如果问，麻烦就来了，也许不得不找朱光潜、宗白华一流人去请教吧？这是说，难得躲开美学。而一沾染美学，两个问题就立即走到面前：一浅，是花为什么美；一深，是美是怎么回事。擒贼先擒王，先追究美的性质。异说纷纭,我仍是投靠人文主义,接受美国桑塔耶那的解释,"美是快乐的对象化"。这是说,比如看见茶花觉得美,只是因为心里舒服。可是,同是外物,何以有些看了舒服,有些就不舒服呢?大概还要找朱光潜、宗白华一流人上讲台阐明,而阐明,我们也未必能懂,尤其未必能信。所以不如接受现实,承认花美的现实,然后在这现实之内打些小算盘。我想到的是,人群,最大的分界是男女,单就与花的关系说,女性近得多,如绣是女性的专利,戴也是女性的专利。但绣,戴,是"只可自怡悦"吗?上帝,或上天,或自然限定,女性的种种,纵使密不透风,也会有男性插进来,仍说花,女性绣,戴,男性可以连人带花一齐爱,所谓"云想衣裳花想容"、"偷看吴王苑内花"之类是也。至此,已经肯定花美,可以爱,然后"近取诸身",说说我,主要是中年及其前后,与花曾经有什么样的关系。

成语有锦上添花的说法,这里无妨断章取义,说是质地要是锦,上面才能有花。我的第一故乡是农村,第二故乡是通县,印象是都没有人养花。所以谈与花的关系,要从到北京住开始。北京人的生活,受旗下人的影响,要尽己之力讲究。皇帝是超级大户,住地有御花园,其外近有三海,远有圆明园、避暑山庄等地,自然都不少花。下降为各种府第,住处之旁也要有花园。再降,直到平常人家的平常院落,堂室之前有或大或小的空地,也要栽些花木如丁香、海棠之类。花木之外还可以种些草本花,或下地,或入盆。因为多有人爱花,养花,也就有了养花的专业,人名花把式,店名花店。此外,还有以培育某种花任人观赏扬名的,如崇效寺牡丹、刘銮园菊花之类。公园,日日有人进去游览,当然更不能落后,也就要培育多种花,摆在适当的处所,以图游人能够赏心悦目。这样,就个人说,养之外又多个任务,是某时到某地去看花,雅称曰赏花。

花,纵使从俗,认为美,门内也可以不养,门外也可以不看。我是养了,也看了,问心,甚至诛心,有没有值得说说的?想了想,真泄气,是如阮咸之晒犊鼻裈,只是未能免俗,至多不过是行有余力,弄一些品种,看它在自己的小院里吐艳放香,觉得有意思。但总有个时期,从许多人之后,看了养了,至少是曾经耗费一些精力,忆旧,也就应该说说。先说看。大概是由30年代前期起,断断续续若干次,春天是到崇效寺看牡丹。崇效寺在外城西南部,白纸坊以北,由广安门内以东不远南行,过一些残破街道和义地,就可以找到。寺坐北向南,不大。据说是唐朝幽州节度使刘济舍宅建的,那就是在幽州城内了。又据说寺内种枣树很多,所以王渔洋称之为枣花寺,其附近有枣林前后街,也许就是因枣树多而命名吧。到民国年间,寺已颓败,记得只有两层殿,不雄伟。可是在北京有大名,就是因为晚春牡丹花开的时候,自认为风雅的士女都要前往看看。我入内看不只一次,印象是门内左方那几丛确是开得不坏,肥大鲜艳,很美。名声大还来于有异种,绿色花和黑色花的。绿色的有印象,其实是物以稀为贵,如果也如深红、浅红之多,那恐怕就很少人欣赏了。我对这个寺多有怀念之情,是因为它年岁大,现老朽之态,可怜。还有个因缘,是40年代的一个秋天,我伴同广化寺的两三位出家人,去那里做客,看寺藏的名迹清初和尚智朴画的青松红杏图以及许多名人的题跋。近午到那里,吃了一顿素斋,看了青松红杏图,果然自王渔洋以下,清朝各时期名士的题跋很多。辞别,以后就没有再去。迎来50年代,寺更破落,先是牡丹移中山公园,挨至70年代末或

80年代初,看报,知道仅剩的一个寺门也没有了。青松红杏图卷呢,能够逃过十年浩劫吗?我有时想到这些,感到人祸之可怕;知人祸而不敢溯本求源,以致"殷鉴不远"而不能利用,就不只可怕,而且可悲了。

还是话不离题,说看花。又是常看的一处,䒩园的菊花。还有更值得怀念的因缘,是我的一个可敬可亲的朋友刘慎之在那里培育菊花。䒩园原是花主人刘文嘉的别号,推衍为艺菊之园的名称。园在新街口以北路西,占地面积不小,据刘慎之说,地原是他家的,因家道中落卖与刘䒩园,也就因为这种关系,他无业,才到花园帮工混饭吃。刘䒩园是湖北人,日本留学学法律,在湖北和东北做过几任中级官,年老退隐,喜欢养菊花,专心弄这一门,也就成为这方面的专家,并进一步成为这方面的名人。䒩园菊花最盛期在40年代到50年代初,每年晚秋到初冬,院内成为菊花的海洋,游人总是很多。据刘慎之说,品种超过一千。我因为住得近,顺便看刘慎之,每年展出时必去看,有时还不止一次。粗略说,最值得欣赏的是两类。一类花大,瓣繁,且颜色娇艳,总起来就成为很美。另一类是花形有特点,可以使人联想到某一种态度或韵味,如一种名为"懒梳妆"的就是这样,稀疏而长短不齐的花瓣,尤其在微风中摇曳时,使人不由得想到美人春睡乍醒,秀发散乱的姿态。迈入50年代,䒩园菊花逐渐衰落,经商酌,并入中山公园,据刘慎之说,品种已降至八百。推想异种是较难培育的,如懒梳妆之类,也许不再有了吧?

崇效寺看牡丹,䒩园看菊花,可以称为大举。还有可称为小举的,记得有两处。一处在后海之南,确切的街巷,主人的尊姓,都不记得了,印象是在一个曲折的小胡同内路西,小门楼内北房前一个小院,养的都是西番莲。品种不很多,出奇的是花形大,直径可到市尺一尺二寸。据养花的主人说,品种来自日本,日本的专业人养,直径可到一尺四寸。看西番莲是在夏天,因为对西番莲有兴趣,也是连续若干年,至时必前往。另一处是在西直门内大街路南,主人也姓刘(?),养荷花,以品种多著名。展出也是在夏天,记得只看过一次,究竟怎么个好法,也忘记了。

　　以下说门内的自养。时间是 1938 年春迁到后海北岸以后,直到 1969 年秋逃往北大女儿处为止,共延续了三十年有余。我租住的是后院北房四间(共五间),房前有个长条小院,如果为养花打算,就嫌地不够宽大,又南面主房太高,以致阳光不充足,通风差。但是人,纵使没翻过李笠翁的《闲情偶寄》,未听到讲说"退一步法"之妙用,实际也都是在安于这退一步,如饮食,无鸡鸭鱼肉,熬白菜也可以,男女,不能得窈窕淑女(且男本位),中人甚至加以下也得凑合。养花亦然,没有长空沃土,得一席贫瘠地也想试试。这方面我也是由小到大,积少成多。记得买过石榴、无花果、橡皮树、月季等,这些,有的宜于盆栽,有的可以下地,比喻说,还都是游击战。大举是阵地战,计可以分为三期,菊花、西番莲和葡萄。养菊花,是受娶园花展的引诱,以及得刘慎之的帮助。所谓帮助,小是告诉怎样培育,大是赠与名种。名种,都是我看后点名要的,所赠都是易培育的幼株。记得都是花形大、颜色纯正的,计有黄、白、红、紫等颜色。菊花都用盆栽,最多时有二十余盆,秋末冬初盛开之时摆在院里,也可说是洋洋大观了。但与娶园中的相比,数量可以不提,就是单个的,我培育的也是花较小,干较高。还有一种,浅米黄色,瓣较细,娇弱若不胜衣,是佳人中的

156

林黛玉型，名"西厢待月"，我最欣赏，也索来一株，养了两年未开花，也可见虽然忙乱了几年，究竟还得算门外汉。又据说这花形大的品种是自日本传入，与产于本土、陶渊明采于东篱下的不同，不同中的一项是开的时间晚，所以为了防冻，入夜要搬到屋内。搬进搬出，虽然也不无陶侃运甓的效益，终归是太麻烦，又会使陋室兼成为挤室，总之是也有不值得欢迎的一面，因而几年之后，兴尽，就放弃了。

显然，这兴尽只是对菊花，而不是对一切花，因为紧接着就改为养西番莲。现在回想，这次的移情，原因除喜新厌旧以外，恐怕还有"好大喜功"，盖洋种西番莲，如上面所说看花时所见，花的直径可以超过一尺。西番莲移植较易，是株下入秋生块根，春季把块根埋到土内，浇水即可生芽。记得第一次是从李佐陶家要的种，以后由相识的各处搜罗，集有十种左右。但因为地理条件不好，总是长得不很好，仍是干太高，花不够大，直径仅为八寸。其时小院的西部已经培育一株紫玫瑰香葡萄，其后陆续又添几个品种，一个坑不能种两个萝卜，就把西番莲放弃了。

最后说用力量多、时间最长的葡萄。易不结果的花为结果的葡萄，是不是变浪漫主义为实利主义？像是也没这样想过。现在想，大事如终身伴侣、就业，也是十之九来于"碰"，院里种点什么自然更是这样，不过是在亲友家看到，惊为好种，觉得有意思，就讨来试种。移植葡萄不难，秋冬之际剪枝，次年春季插枝就能发芽生根，如果培育得法，第三年就可以结果。果不仅可以吃，还可以观赏。缺点是要搭架，入冬要埋，还要多施肥、勤修理。语云，好者为乐，若干年，为了养，上架、下架时大忙，平时零零碎碎修理忙，以及积肥、施肥、浇水等，消耗的时间和精力难以数计，可是也没觉得是个负担。不只此也，就是到即将离开这个小院之前，听到哪里有什么新名种，还是想自己也有这样一株。已经有的几种是，紫玫瑰香，白玫瑰香，吐鲁番无核白，宣化牛奶，荔枝，莎巴珍珠，龙眼。其中紫玫瑰香、白玫瑰香、无核白、龙眼是老住户，结的果不少，可说是既美观又实惠。不幸是刮来"大革命"的风，尤其"红卫英雄"之类，法管不了，德没有，到葡萄还未熟的时候，就蹿房越脊如履平地，手持长竿来摘取。如何对付？干涉，不敢，因为背后有大力支持。另一妙法是拔除，不再养，可是看看，多年心血，"草木得常理"，实在不忍。就这样，忍到1969年，果又一次将熟之时，我奉命往干校接受改造，老伴躲避被动下乡之险，仓猝逃往北京大学，"人挪活，树挪死"，才忍痛把几棵葡萄扔在原地，不问了。

离开那个平房小院之后，花事还有个尾声。仍是得好友刘慎之的帮助，在北京大学住所二楼一席大的阳台上养了三四盆月季，其时刘兄在北海植物园工作，我去看他，见月季中有些品种，花形和颜色都美，就旧病复发，想也培育试试。要来紫、黄、红几种颜色，养了三四年，先是枝叶茂盛，花肥大，渐渐就衰退，自知是地理条件差，巧妇难为无米之炊，就主动放弃了。

放弃，浅近的原因是没有条件养；恐怕还有深远的原因是，也许兼因为精力减，时间紧，就不再有兴趣养。甚至不再有兴趣看。怎见得？有个清楚的记忆可以为证。是80年代后期，曾在景山东共住、对床夜话的孙玄翁自晋南运城来信，说他不久将东南行，到洛阳看牡丹，我住在景山之侧，景山的牡丹也很好，距离咫尺，千万不要错过云云。我复信说谨受教,一定不辜负良辰美景、赏心乐事云云。其实也是想逢场凑凑热闹,不知怎么一忙乱,正如往年,到花时还是没有去。总之是对于花,不再有往昔那样的兴致,这样的心情是不是会深化,比如说,见"花"而不"想容"了呢? 如果竟是这样,那就真将如庾子山《枯树赋》所写,"生意尽矣",岂不哀哉!

论花与花的布置

◎林语堂

　　花的享受和花的布置似乎是和机缘有点关系的。花的享受和树的享受一样,第一步必须选择某些高贵的花,以它们的地位为标准,同时以某种花与某种情调和环境发生联系。第一是香味,从茉莉那种强烈而显著的香味到紫丁香那种温和的香味,最后到中国兰花那种洁净而微妙的香味。香味愈微妙,愈不易辨别出来是什么花,便愈加高贵。此外又有色泽、外观和吸引力的问题,这也有很大的差异。有的像肥美的少女,有的像纤瘦的、有诗意的、恬静的贵妇,有的似乎是用它们的妩媚去引诱人们,有的则在它们自己的芬芳中感到快乐,似乎以在闲静中过日子为满足。有的颜色鲜艳夺目,有的则表现着比较柔和的色泽。不但如此,花和周围的环境及开花的季节更有着密切的联系。在我们的心目中,玫瑰花自然而然和晴朗的春日发生关系;莲花自然而然和池塘边的凉爽的夏之晨发生关系;木樨自然而然和收获时的月亮与中秋节发生关系;菊花和残秋吃蟹的节季发生关系;梅花自然而然和白雪发生关系,而且它和水仙花成为我们新年享受的一部分。每种花生在其周围的环境中似乎是很完美的;爱花的人们最容易使这些花在我们的心中构成各种不同季节的图画,有如冬青树代表圣诞节那样。

兰花、菊花和莲花，与松竹一样，人们是因为它们有某些质素而选择它们的；它们在中国文学上是君子的象征。尤其是兰花，因为它有一种异样的美。在一切花类之中，梅花也许是中国诗人最爱好的，关于这种花，我在前面一节中已经谈过几句。据说梅花在众花中是占第一把交椅的，因为它在新年开花，所以在众花中占第一位。当然，人们也有不同的意见，牡丹在传统观念中是被称为"花王"的，尤其是在唐朝。在另一方面，牡丹因为颜色鲜艳，所以常常被视为富足和快乐的象征。而梅花则是诗人之花，象征着恬静而清苦的学者；因此前者是属于物质的，而后者属于精神。唐朝的武则天有一天大发狂妄之念，命令皇宫花园中一切的花儿应当顺着她的意思，在仲冬的某一天开花，结果只有牡丹敢违反女皇帝的命令，迟了数小时才开花，因此武则天下令把几千盆的牡丹花由西安（当时的京都）贬到洛阳去。有一位文人就只为了这个缘故同情牡丹花。牡丹花虽然失了宠，但是在一般民众之间还保持着它的地位，而洛阳也变成牡丹花的大本营了。我想中国人对玫瑰花之所以不太加重视，乃是因为它的色泽和形状属于牡丹一类，可是没有后者的华丽。据中国古代的记载，牡丹花可分为九十种，每种都有一个极富诗意的名字。

兰花和牡丹不同，象征着隐逸的美，因为它常常生长于多荫的幽谷。据说它有"孤芳自赏"的美德，不管人们看不看它，而且极不情愿被移植到城市里去。如果它被人们移植在城市里，它须顺自然的本性生长起来，否则便会枯萎而死。所以，我们常常称美丽的、隐逸的少女，或隐居山中、鄙视名利权势的大学者为"空谷幽兰"。它的香味是很微妙的，似乎并不故意要去取悦任何人，可是当人们欣赏它的时候，其香是多么飘逸啊！为了这个缘故，它便成为不与凡俗为伍的君子以及真友谊的象征，因为有一本古书说："入芝兰之室，久而不闻其香。"因为这人的鼻子已经充满花香了。李笠翁说：欣赏兰花的最好办法，不是把它们放在各房间中，而是只放在一个房间中，使人们进出的时候享受它们的香味。美国种的兰花似乎没有这种微妙的香味，可是其花较大，形状与色泽亦较为华丽。我的故乡的兰花据说是全中国最好的，称为"福建兰"。这种色泽浅绿，上有紫色的斑点，花形比普通的兰花小得多，其花瓣只有一英寸余长。最佳最宝贵的兰花种名为陈孟良，与水同色，浸在水里几乎看不出来。牡丹的种类是以生产的地方为名的，兰花的种类则和美国花一样，以它们的主人为名，如"浦将军"、"申军需官"、"李司马"、"黄八哥"、"陈孟良"、"徐锦楚"。

种兰极难，其花又极纤弱易萎，人类公认它具有高贵的性格，其原因无疑地即在于此。在众花中，兰花如栽植稍有不当，最易枯萎。所以爱兰的人往往亲自种植，不把它交给佣仆去照顾。我看见过有些人照顾兰花，有如奉养父母那样地小心。一株极贵重的植物能够像一具极好的铜器或花瓶那样地引起人家很大的妒忌，一个朋友如果不愿分一些新枝给人家，也会造成很深的怨恨。中国古书中有一段记载说，一位学者因为朋友不愿把一种植物的新枝送给他，便实行偷窃，结果被捕入狱。对于这种情感，沈复在《浮生六记》里曾有过这么美妙的描写：

> 花以兰为最，取其幽香韵致也，而瓣品之稍堪入谱者，不可多得。兰坡临终时，赠余荷瓣素心春兰一盆，皆肩平心阔，茎细瓣净，可以入谱者。余珍如拱璧。值余暮

游于外，芸能亲为灌溉，花叶颇茂。不二年，一旦忽萎死。起根视之，皆白如玉，且兰芽勃然。初不可解，以为无福消受，浩叹而已。事后始悉有人欲分不允，故用滚汤灌杀也。从此誓不植兰。

菊是诗人陶渊明所爱的花，正如梅是诗人林和靖所爱的花，莲是儒家学者周濂溪所爱的花一样。菊花开于深秋，所以在人们心目中是具有"冷香"和"冷艳"的。菊花的"冷艳"和牡丹的华丽比较起来，其特色是显而易见的。据我所知，菊花共有数百种，宋代一位大学者范成大以极美丽的名字去称呼各种的菊花，居然造成一种风气。种类之繁多似乎便是菊花的特色，其形状及色泽俱有不同之处。人们视白与黄为菊花的"正"色，对紫与红则视为变体，所以比较低贱。白菊与黄菊的色泽产生了许多不同的名称，如"银碗"、"银铃"、"金铃"、"玉盆"、"玉铃"、"玉绣球"等。有的则用著名美人的名字，如"杨贵妃"和"西施"。有时它们的形状如女人剪短了头发一样，有时它们的爪须则和长发一样。有几种菊花比其他的菊花更香，最佳的菊花据说有麝香或"龙脑"香的香味。

莲花自成一类，据我看来，它是花中最美丽的花。因为，它的花与茎叶整个在水上漂着，夏季没有莲花可赏是不觉其乐的。一个人如果没有一个房子在池塘之畔，尽可以把莲花种在大缸里。然而，在这种情形之下，我们却很难享受莲花蔓延半英里的美景，它们弥漫在空气中的香味，以及花上的白色与红色，和点缀着水球的大绿叶互相辉映的妙趣(美国种的水莲和莲荷不同)。宋代学者周氏写了一篇小品文，说明他爱莲花的原因。他说莲花像君子，生于污浊的水中而保持着清白之身。他所说的话证明他是一个儒家的理论家。由实利主义的观点看起来,莲花的各部分都有用处。莲藕可以制成一种冷饮,莲叶可以包裹水果或其他的食物去蒸,莲花的形状和香味可供玩赏,莲子被人们视为神仙的食品,或剥出生吃,或晒干拌糖而食。

　　海棠和苹果花相像,与其他的花同样地得到诗人的爱好,虽则杜甫不曾提起这种产于他的故乡四川的花。人们提出过各种的解释,其中最可相信的解释是:海棠是杜甫母亲的名字,他为避讳起见,故不提起。我觉得只有两种花的香味比兰花更好,这两种花就是木樨和水仙花。水仙花也是我的故乡漳州的特产,此种花头曾大量输入美国,有一时期竟达数十万元之巨,后来美国农业部禁止这种清香扑鼻的花入境,以免美国人受花中或有的微菌所侵染。白水仙花头跟仙女一样地纯洁,不是要种在泥土里,而是要种在玻璃盆或瓷盆里,内放清水和小圆石,而且需要极细心的照顾的。说这种花里有微菌,可真有点想入非非。杜鹃花虽有含笑之美,却被视为悲哀的花,因为据说它是杜鹃泣血而化成的;杜鹃从前是一个男孩子,为了他的兄弟被后母虐待而逃亡,特地跑出来寻觅他的。

海滩上种花

◎徐志摩

　　朋友是一种奢华:且不说酒肉势利,那是说不上朋友,真朋友是相知,但相知谈何容易,你要打开人家的心,你先得打开你自己的,你要在你的心里容纳人家的心,你先得把你的心推放到人家的心里去;这真心或真性情的相互的流转,是朋友的秘密,是朋友的快乐。但这是说你内心的力量够得到,性灵的活动有富余,可以随时开放,随时往外流,像山里的泉水,流向容得住你的同情的沟槽;有时你得冒险,你得花本钱,你得抵拼在巉岈的乱石间,触刺的草缝里耐心地寻路,那时候艰难,苦痛,消耗,在在是可能的,在你这水一般灵动,水一般柔顺的寻求同情的心能找到平安欣快以前。

　　我所以说朋友是奢华,"相知"是宝贝,但得拿真性情的血本去换,去拼。因此我不敢轻易说话,因为我自己知道我的来源有限,十分的谨慎尚且不时有破产的恐惧;我不能随便"花"。前天有几位小朋友来邀我跟你们讲话,他们的恳切折服了我,使我不得不从命,但是小朋友们,说也惭愧,我拿什么来给你们呢?

　　我最先想来对你们说些孩子话,因为你们都还是孩子。但是那孩子的我到哪里去了? 仿佛昨天我还是个孩子,今天不知怎的就变了样。什么是孩子要不为一点活泼的天真,但天真就比是泥土里的嫩芽，天冷泥土硬就压住了它的生机——这年头问谁去要和暖的春风？

孩子是没了。你记得的只是一个不清切的影子，模糊得很，我这时候想起就像是一个瞎子追念他自己的容貌，一样地记不周全；他即使想急了拿一双手到脸上去印下一个模子来，那模子也是个死的。真的没了。一个在公园里见一个小朋友不提多么活动，一忽儿上山，一忽儿爬树，一忽儿溜冰，一忽儿干草里打滚，要不然就跳着憨笑；我看着羡慕，也想学样，跟他一起玩，但是不能，我是一个大人，身上穿着长袍，心里存着体面，怕招人笑，天生的灵活换来矜持的存心——孩子，孩子是没有的了，有的只是一个年岁与教育蛀空了的躯壳，死僵僵的，不自然的。

我又想找回我们天性里的野人来对你们说话。因为野人也是接近自然的；我前几年过印度时得到极刻心的感想，那里的街道房屋以及土人的体肤容貌，生活的习惯，虽则简，虽则陋，虽则不夸张，却处处与大自然——上面碧蓝的天，火热的阳光，地下焦黄的泥土，高矗的椰树——相调谐，情调，色彩，结构，看来有一种意义的一致，就比是一件完美的艺术的作品。也不知怎的，那天看了他们的街，街上的牛车，赶车的老头露着他的赤光的头颅与紫姜色的圆肚，他们的庙，庙里的圣像与神座前的花，我心里只是不自在，就仿佛这情景是一个熟悉的声音的叫唤，叫你去跟着他，你的灵魂也何尝不活跳跳地想答应一声"好，我来了"，但是不能，又有碍路的挡着你，不许你回复这叫唤声启示给你的自由。困着你的是你的教育；我那时的难受就比是一条蛇摆脱不了困住他的一个硬性的外壳——野人也给压住了，永远出不来。

所以今天站在你们上面的我不再是融会自然的野人，也

海滩上种花

167

不是天机活灵的孩子：我只是一个"文明人"，我能说的只是"文明话"。但什么是文明只是堕落？文明人的心里只是种种虚荣的念头，他到处忙不算，到处都得计较成败。我怎么能对着你们不感觉惭愧？不了解自然不仅是我的心，我的话也是的。并且我即使有话说也没法表现，即使有思想也不能使你们了解；内里那点子性灵就比是在一座石壁里牢牢地砌住，一丝光亮都不透，就凭这双眼望见你们，但有什么法子可以传达我的意思给你们，我已经忘却了原来的语言，还有什么话可说的？

但我的小朋友们还是逼着我来说谎（没有话说而勉强说话便是谎）。知识，我不能给；要知识你们得请教教育家去，我这里是没有的。智慧，更没有了：智慧是地狱里的花果，能进地狱更能出地狱的才采得着智慧，不去地狱的便没有智慧——我是没有的。

我正发窘的时候，来了一个救星——就是我手里这一小幅画，等我来讲道理给你们听。这张画是我的拜年片，一个朋友替我制的。你们看这个小孩子在海边沙滩上独自地玩，赤脚穿着草鞋，右手提着一枝花，使劲把它往沙里栽，左手提着一把浇花的水壶，壶里水点一滴滴地往下掉着。离着小孩不远看得见海里翻动着的波澜。

你们看出了这画的意思没有？

在海砂里种花。在海砂里种花！那小孩这一番种花的热心怕是白费的了。砂碛是养不活鲜花的，这几点淡水是不能帮忙的；也许等不到小孩转身，这一朵小花已经支不住阳光的逼迫，就得交卸他有限的生命，枯萎了去。况且那海水的浪头也快打过来了，海浪冲来时不说这朵小小的花，就是大根的树也怕站不住——所以这花落在海边上是绝望的了,小孩这番力量准是白花的了。

你们一定很能明白这个意思。我的朋友是很聪明的,他拿这画意来比我们一群呆子,乐意在白天里做梦的呆子,满心想在海砂里种花的傻子。画里的小孩拿着有限的几滴淡水想维持花的生命,我们一群梦人也想在现在比沙漠还要干枯比沙滩更没有生命的社会里,凭着最有限的力量,想下几颗文艺与思想的种子,这不是一样地绝望,一样地傻? 想在海砂里种花,想在海砂里种花,多可笑呀! 但我的聪明的朋友说,这幅小小画里的意思还不止此;讽刺不是她的目的。她要我们更深一层看。在我们看来海砂里种花是傻气,但在那小孩自己却不觉得。他的思想是单纯的,他的信仰也是单纯的。他知道的是什么? 他知道花是可爱的,可爱的东西应得帮助他发长;他平常看见花草都是从地土里长出来的,他看来海砂也只是地,为什么海砂里不能长花他没有想到,也不必想到,他就知道拿花来栽,拿水去浇,只要那花在地上站直了他就欢喜,他就乐,他就会跳他的跳,唱他的唱,来赞美这美丽的生命,以后怎么样,海砂的性质,花的运命,他全管不着! 我们知道小孩们怎样地崇拜自然,他的身体虽则小,他的灵魂却是大着,他的衣服也许脏,他的心可是洁净的。这里还有一幅画,这是自然的崇拜,你们看这孩子在月光下跪着拜一朵低头的百合花,这时候他的心与月光一般地清洁与花一般地美丽,与夜一般地安静。我们可以知道到海边上来种花那孩子的思想与这月下拜花的孩子的思想会得跪下的——单纯、清洁,我们可以想象那一个孩子把花栽好了也是一样来对着花膜拜祈祷——他能把花暂时栽了起来便是他的成功,此外以后怎么样不是他的事情了。

你们看这个象征不仅美,并且有力量;因为它告诉我们单纯的信心是创作的泉源——这单纯的烂漫的天真是最永久最有力量的东西,阳光烧不焦他,狂风吹不倒他,海水冲不了他,黑暗掩不了他——地面上的花朵有被摧残有消灭的时候,但小孩爱花种花这一点:"真"却有的是永久的生命。

我们来放远一点看。我们现有的文化只是人类在历史上努力与牺牲的成绩。为什么人们肯努力肯牺牲?因为他们有天生的信心;他们的灵魂认识什么是真什么是善什么是美,虽则他们的肉体与智识有时候会诱惑他们反着方向走路;但只要他们认明一件事情是有永久价值的时候,他们就自然地会得兴奋,不期然地自己牺牲,要在这忽忽变动的声色的世界里,赎出几个永久不变的原则的凭证来。耶稣为什么不怕上十字架?密尔顿①何以瞎了眼还要作诗,贝德花芬②何以聋了还要制音乐,密仡郎其罗③为什么肯积受几个月的潮湿不顾自己的皮肉与靴子连成一片地用心思,为的只是要解决一个小小的美术问题?为什么永远有人到冰洋尽头雪山顶上去探险?为什么科学家肯在显微镜底下或是数目字中间研究一般人眼看不到心想不通的道理消磨他一生的光阴?

为的是这些人道的英雄都有他们不可摇动的信心;像我们在海砂里种花的孩子一样,他们的思想是单纯的——宗教家为善的原则牺牲,科学家为真的原则牺牲,艺术家为美的原

① 密尔顿,通译弥尔顿(1608—1674),英国诗人、政论家,著有《失乐园》等。
② 贝德花芬,通译贝多芬(1770—1827),德国作曲家。
③ 密仡郎其罗,通译米开朗基罗(1475—1564),意大利文艺复兴时期的雕塑家、画家。

则牺牲——这一切牺牲的结果便是我们现有的有限的文化。

你们想想在这地面上做事难道还不是一样地傻气——这地面还不与海砂一样不容你生根,在这里的事业还不是与鲜花一样地娇嫩?——潮水过来可以冲掉,狂风吹来可以折坏,阳光晒来可以熏焦我们小孩子手里拿着往砂里栽的鲜花,同样的,我们文化的全体还不一样有随时可以冲掉、折坏、熏焦的可能吗?巴比伦的文明现在哪里?嘭呀①城曾经在地下埋过千百年,克利脱的文明直到最近五六十年间才完全发见。并且有时一件事实体的存在并不能证明他生命的继续。这区区地球的本体就有一千万个毁灭的可能。人们怕死不错,我们怕死人,但最可怕的不是死的死人,是活的死人,单有躯壳生命没有灵性生活是莫大的悲惨;文化也有这种情形,死的文化倒也罢了,最可怜的是勉强喘着气的半死的文化。你们如其问我要例子,我就不迟疑地回答你说,朋友们,贵国的文化便是一个喘着气的活死人!时候已经很久的了,自从我们最后的几个祖宗为了不变的原则牺牲他们的呼吸与血液,为了不死的生命牺牲他们有限的存在,为了单纯的信心遭受当时人的讪笑与侮辱;时候已经很久的了,自从我们最后听见普遍的声音像潮水似的充满着地面;时候已经很久的了,自从我们最后看见强烈的光明像彗星似的扫掠过地面;时候已经很久的了,自从我们最后为某种主义流过火热的鲜血;时候已经很久的了,自从我们的骨髓里有胆量,我们的说话里有分量。这是一个极伤心的反省!我真不知道这时代犯了什么不可赦的

---

① 嘭呀,通译庞贝,意大利那不勒斯附近的古城,约建于公元前七世纪,公元一世纪被火山湮埋,至十八世纪中叶被发掘。

花

大罪,上帝竟狠心地赏给我们这样恶毒的刑罚?你看看去这年头到哪里去找一个完全的男子或是一个完全的女子——你们去看去,这年头哪一个男子不是阳痿,哪一个女子不是鼓胀!要形容我们现在受罪的时期,我们得发明一个比丑更丑比脏更脏比下流更下流比苟且更苟且比懦怯更懦怯的一类生字去!朋友们,真的我心里常常害怕,害怕下回东风带来的不是我们盼望中的春天,不是鲜花青草蝴蝶飞鸟,我怕他带来一个比冬天更枯槁更凄惨更寂寞的死天——因为丑陋的脸子不配穿漂亮的衣服,我们这样丑陋的变态的人心与社会凭什么权利可以问青天要阳光,问地面要青草,问飞鸟要音乐,问花朵要颜色?你问我明天天会不会放亮?我回答说我不知道,竟许不!

归根是我们失去了我们灵性努力的重心,那就是一个单纯的信仰,一点烂漫的童真!不要说到海滩去种花——我们都是聪明人谁愿意做傻瓜去——就是在你自己院子里种花你都懒怕动手哪!最可怕的怀疑的鬼与厌世的黑影已经占住了我们的灵魂!

所以朋友们,你们都是青年,都是春雷声响不曾停止时破绽出来的鲜花,你们再不可堕落了——虽则陷阱的大口满张在你的跟前,你不要怕,你把你的烂漫的天真倒下去,填平了它,再往前走——你们要保持那一点的信心,这里面连着来的就是精力与勇敢与灵感——你们再不怕做小傻瓜,尽量在这人道的海滩边种你的鲜花去——花也许会消灭,但这种花的精神是不烂的!

莲

◎周瘦鹃

　　宋代周濂溪作《爱莲说》,对于出淤泥而不染的莲花,给予最高的评价,自是莲花知己。所以后人推定一年十二个月的花神,就推濂溪先生为六月莲花之神。我生平淡泊自甘,从不作攀龙附凤之想,而对于花木事,却乐于攀附。只因生来姓的是周,而世世相传的堂名,恰好又是"爱莲"二字,因此对这君子之花却要攀附一下,称之为"吾家花"。

　　莲花的别名最多,曰芙蕖,曰芙蓉,曰水芝,曰藕花,曰水芸,曰水旦,曰水华,曰泽芝,曰玉环,而最普通的是荷花。现在大家通称莲花或荷花,而不及其他了。莲花的种类也特别多,有并头莲、四面莲、一品莲、千叶莲、重台莲等等,还有其他光怪陆离的异种,早就绝无而仅有,无法罗致了。

　　正仪镇附近有一个古莲池,至今还开着天竺种的千叶莲花。据叶退庵前辈考证,这些莲花还是元代名流顾阿瑛所手植的,因此会同几位好古之士,在池旁盖了几间屋子,雇人守护这座莲池。抗日战争前,我曾往观光,看到了一朵娇红的千叶莲花,油然而生思古之情,回来作了一首诗,有"莲花千叶香如旧,苦忆当年顾阿瑛"之句。这些年来,听说池中莲仍然无恙。据闻顾阿瑛下种时,都用石板压住,后来莲花就从石缝中挺生出来,人家要去掘取,也不容易,所以几百年来,这千叶莲花还是"只此一家,并无分出"。直到近三年间,苏州市园林管理处才去引种过来,种在拙政园远香堂外池塘中,于是就在苏州安家落户了。吾园邻近的倪氏金鱼园中,有一个小方塘,也种着千叶莲花,与正仪的不同,不知是哪里得来的种子?每年开花时,总得采几朵来给我作瓶供,花作桃红色,很为鲜艳,花型特大,花瓣多得数不清。花工张锦前去挖了几株藕来,安放在两个缸中,于是我也就有两缸千叶莲花可作清供了。后来园林管理处便向倪氏买下了他全塘的种藕,移种在狮子林的莲塘中,以供群众观赏,比了关闭在那金鱼园中孤芳自赏,实在有意义得多。

凡是美的花,谁都愿它留在枝头,自开自落,而莲却可采。古今来的诗人词客,多有加以咏叹的。就是古乐府中也有采莲曲,是梁武帝所作,曲和云"采莲渚,窈窕舞佳人",因此就以采莲名其曲。又《乐府集》载:

　　羊侃性豪侈,善音律。有舞人张静婉者,容色绝世,时人咸推其能为掌上舞。侃尝自造采莲棹歌两曲,甚为新致,乐府谓之张静婉采莲曲。

至于唐代的几位大诗人,几乎每人都有一首采莲曲,真是美不胜收。现在且将清代诗人的两首古诗录在这里。如马铨四言古云:

　　南湖之南,东津之东。

　　摇摇桂楫,采采芙蓉。

　　左右流水,真香满空。

　　眷此良夜,月华露浓。

　　秋红老矣,零落从风。

美人玉面,隔岁如逢。

褰裳欲涉,不知所终。

徐倬七言古云:

溪女盈盈朝浣沙,单衫玉腕荡舟斜,含情含怨折荷华。折荷华,遗所思,望不来,吹参差。

词如毛大可《点绛唇》云:

南浦风微,画桡已到深深处。苹花遮住,不许穿花去。　　隔藕丛丛,似有人言语。难寻诉。乱红无主。一望斜阳暮。

王锡振《浣溪纱》云:

隔浦闻歌记采莲。采莲花好阿谁边?乱红遥指白鸥前。　　日暮暂回金勒辔,柳阴闲系木兰船,被风吹去宿花间。

吴锡麒《虞美人》云:

寻莲觅藕风波里,本是同根蒂。因缘只赖一线牵,但愿郎心如藕妾如莲。　　带头绾个成双结,莫与闲鸥说。将家来住水云乡,为道买邻难得遇鸳鸯。

孙汝兰《百尺楼》云:

郎去采莲花,侬去收莲子。莲子同心共一房,侬可知莲子?　　侬去采莲花,郎去收莲子。莲子同房各一心,郎莫如莲子!

这几首诗词都雅韵欲流,行墨间似乎带着莲花香。

某一年农历六月二十四日,就是所谓莲花的生日,曾与老友程小青、陶冷月二兄雇了一艘船,同往黄天荡观莲。虽没有深入荡中,却也看到了不少亭亭玉立的白莲花,瞧上去不染纤尘,一白如雪,煞是可爱! 关于白莲花的故事,有足供谈助的,如唐代开元天宝间,太液池千叶白莲开,唐明皇与杨贵妃同去观赏,皇指妃对左右说:"何如此解语花?"他的意思,就是以为白莲不解语,不如他的爱人了。又元和中,苏昌远居吴下,遇一女郎,素衣红脸,他把一个玉环赠与她。有一天见槛前白莲花开,花蕊中有一物,却就是他的玉环,于是忙将这白莲花折断了。这一段故事,简直把白莲瞧作花妖,当然是不可凭信的。

昔人赞美白莲花的诗,我最爱唐代陆龟蒙七言绝句云:

> 素花多蒙别艳欺,此花真合在瑶池。
> 还应有恨无人觉,月晓风清欲堕时。

清代徐灼七言绝句云:

> 凉云簇簇水泠泠,一段幽香唤未醒。
> 忽忆花间人拜月,素妆娇倚水晶屏。

又清末革命先烈秋瑾七律云:

> 莫是仙娥坠玉珰,宵来幻出水云乡。
> 朦胧池畔讶堆雪,淡泊风前有异香。
> 国色由来夸素面,佳人原不借浓妆。
> 东皇为恐红尘涴,亲赐寒潢明月裳。

这四首诗,可算是赞美白莲花的代表作。

苏州公园去吾家不远,园中有两个莲塘,一大一小,种的都是红莲花,鲜艳可爱。入夏我常去观赏,瞧着那一丛丛的翠盖红裳,流连忘返。至于吾家梅丘下的莲塘中,虽有白色、浅红色两种,每年开了好几十朵,不过占地太小,同时也只开二三朵,不足以餍馋眼。乡前辈潘季儒先生擅种缸莲,有层台、洒金、镶边玉钵盂、绿荷、粉千叶等名种,叹为观止。前几年分根见赐,喜不自胜,年年都是开得好好的。

老友卢彬士先生是吴中培植碗莲的唯一能手,能在小小一个碗里,开出一朵朵红莲花来。每年开花时节,往往以一碗相赠,做爱莲堂案头清供。据说这种子就是层台的小种,是从安徽一个和尚那里得来的。可惜室内不能供得太久,怕别的菡萏开不出来,供了半小时,就要急急地移出去了。

吃莲花的

◎老舍

　　今年我种了两盆白莲。盆是由北平搜寻来的,里外包着绿苔,至少有五六十岁。泥是由黄河拉来的。水用趵突泉的。只是藕差点事,吃剩下来的菜藕。好盆好泥好水敢情有妙用,菜藕也不好意思了,长吧,开花吧,不然太对不起人!居然,拔了梗,放了叶,而且开了花。一盆里七八朵,白的!只有两朵,瓣尖上有点红,我细细地用檀香粉给涂了涂,于是全白。作诗吧,除了作诗还有什么办法?专说"亭亭玉立"这四个字就被我用了七十五次,请想我作了多少首诗吧!

　　这且不提。好几天了,天天门口卖菜的带着几把儿白莲。最初,我心里很难过。好好的莲花和茄子冬瓜放在一块,真!继而一想,若有所悟。啊,济南名士多,不能自己"种"莲,还不"买"些用古瓶清水养起来,放在书斋?是的,一定是这样。

　　这且不提。友人约游大明湖,"去买点莲花来!"他说。"何必去买,我的两盆还不可观?"我有点不痛快,心里说:"我自种的难道比不上湖里的?真!"况且,天这么热,游湖更受罪,不如在家里,煮点毛豆角,喝点莲花白,作两首诗,以自种白莲为题,岂不雅妙?友人看着那两盆花,点了点头。我心里不用提多么痛快了;友人也很雅哟!除了作新诗向来不肯用这"哟",可是此刻非用不可了!我忙着吩咐家中煮毛豆角,看看能买到鲜核桃不。然后到书房去找我的诗稿。友人静立花前,欣赏着哟!

这且不提。及至我从书房回来一看,盆中的花全在友人手里握着呢,只剩下两朵快要开败的还在原地未动。我似乎忽然中了暑,天旋地转,说不出话。友人可是很高兴。他说:"这几朵也对付了,不必到湖中买去了。其实门口卖菜的也有,不过没有湖上的新鲜便宜。你这些不很嫩了,还能对付。"他一边说着,一边奔了厨房。"老田,"他叫着我的总管事兼厨子,"把这用好香油炸炸。外边的老瓣不要,炸里边那嫩的。"老田是我由北平请来的,和我一样不懂济南的典故,他以为香油炸莲瓣是什么偏方呢。"这治什么病,烫伤?"他问。友人笑了。"治烫伤? 吃! 美极了! 没看见菜挑子上一把一把儿地卖吗?"

这且不提。还提什么呢,诗稿全烧了,所以不能附录在这里。

四君子

◎梁实秋

　　梅、兰、竹、菊，号称花中四君子，其说始于何时，创自何人，我不大清楚。集雅斋梅竹兰菊四谱，小引云："文房清供，独取梅竹兰菊四君者，无他，则以其幽芬逸致，偏能涤人之秽肠而澄莹其神骨。"四君子风骨清高固无论已，但是初学花卉者总是由此入手，记得幼时摹拟芥子园画谱就是面对几页梅兰竹菊而依样葫芦，盖取其格局笔路比较简单明了容易下笔。其中有多少幽芬逸致，彼时尚难领略。最初是画梅，我根本不曾见过梅花树，细枝粗干，勾花点蕊，辄沾沾自喜，以为暗香疏影亦不过如是，直到有一位朋友给我当头一棒："吾家之犬，亦优为之。"从此再也不敢动笔。兰花在北方是少见的，我年轻时只见过一次，那是有人从福建"捧"到北方来的一盆素心兰，放在女主人屋角一只细高的硬木架上，居然抽茎放蕊，听说有幽香盈室（我闻不到），我只看到乱蓬蓬的像是一丛野草。竹子倒不大稀罕，不过像林处士所谓"竹树绕吾庐，清深趣有余"，对我而言一直是想象中的境界。所以竹雨是什么样子，竹香是什么味道，竹笑是什么神情，我都不大了解。有人说："喜写兰，怒写竹"，这话当然有道理，但我有喜怒却没有这种起升华作用的才干。至于菊，直是满坑满谷，何处无之，难得在东篱下遇见它而已。近日来艺菊者往往过分溺爱，大量催肥,结果是每个枝头顶着一个大馒头,帘卷西风,花比人痴胖!这时候,谁还要为它写生?

我年事渐长,慢慢懂了一点道理,四君子并非是浪博虚名,确是各自有它的特色。梅,剪雪裁冰,一身傲骨;兰,空谷幽香,孤芳自赏;竹,筛风弄月,潇洒一生;菊,凌霜自得,不趋炎热。合而观之,有一共同点,都是清华其外,淡泊其中,不作媚世之态。画,不是纯技术的表现,画的里面有韵味,画的背后有个人。画家的胸襟风度不可避免地会流露在画面之上。我尝以为,唯有君子才能画四君子,才能恰如其分表达出四君子的风骨。艺术,永远是人性的表现。唯有品格高超的人才能画出趣味高超的画。

刘延涛先生的四君子图,我认为实在是近年来罕见的精品,是四幅水墨画,不但画好,诗书也配合得好,看得出来是趁墨沈未干时就蘸着余墨题诗,一气呵成,墨色匀称。诗、书、画,浑然成为一体。四君子加上画家,应该是五君子了。画成于五十二三年间,我最初记得是在七友画展中见到的,印象极深。如今张在壁上,我乃能朝夕相对,令人翛然心远,俗虑顿消。画的题识是这样的:

> 最是傲霜菊亦残,更无雁字报平安,
> 少年意气消沉尽,自写梅花共岁寒。

> 故园清芬久寂寞,滋兰九畹不为多,
> 殷勤护得灵根旧,我欲飞投向汨罗。

> 高节临风夏亦寒,虚心阅世始能安,
> 于今渐悟修身法,日日砚田种万竿。

篱下寄居非得计,瓶中供养更堪哀,
何如大野友寒翠,迎接霜风次第开。

牵牛花

◎叶圣陶

　　手种牵牛花，接连有三四年了。水门汀地没法下种，种在十来个瓦盆里。泥是今年又明年反复着用的，无从取得新的来加入。曾与铁路轨道旁边种地的那个北方人商量，愿出钱向他买一点，他不肯。

　　从城隍庙的花店里买了一包过磷酸骨粉，掺和在每一盆泥里，这算代替了新泥。

　　瓦盆排列在墙脚，从墙头垂下十条麻线，每两条距离七八寸，让牵牛的藤蔓缠绕上去。这是今年的新计划，往年是把瓦盆摆在三尺光景高的木架子上的。这样，藤蔓很容易爬到了墙头；随后长出来的互相纠缠着，因自身的重量倒垂下来，但末梢的嫩条便又蛇头一般仰起，向上伸，与别组的嫩条纠缠，待不胜重量时便重演那老把戏；因此墙头往往堆积着繁密的叶和花，与墙腰的部分不相称。今年从墙脚爬起，沿墙多了三尺光景的路程，或者会好一点；而且，这就将有一垛完全是叶和花的墙。

　　藤蔓从两瓣子叶中间引伸出来以后，不到一个月工夫，爬得最快的几株将要齐墙头了。每一个叶柄处生一个花蕾，像谷粒那样大，便转黄萎去。据几年来的经验，知道起头的一批花蕾是开不出来的；到后来发育更见旺盛，新的叶蔓比近根部的肥大，那时的花蕾才开得成。

今年的叶格外绿，绿得鲜明；又格外厚，仿佛丝绒裁剪成的。这自然是过磷酸骨粉的功效。他日花开，可以推知将比往年的盛大。

但兴趣并不专在看花。种了这小东西，庭中就成为系人心情的所在，早上才起，工毕回来，不觉总要在那里小立一会儿。那藤蔓缠着麻线卷上去，嫩绿的头看似静止的，并不动弹；实际却无时不回旋向上，在先朝这边，停一歇再看，它便朝那边了。前一晚只是绿豆般大一粒的嫩头，早起看时，便已透出二三寸长的新条，缀着一两张满被细白绒毛的小叶子，叶柄处是仅能辨认形状的小花蕾，而末梢又有了绿豆般大一粒的嫩头。有时认着墙上的斑驳痕想，明天未必便爬到那里吧；但出乎意外，明晨已爬到了斑驳痕之上；好努力的一夜工夫！"生之力"不可得见；在这样小立静观的当儿，却默契了"生之力"了。渐渐地，浑忘意想复何言说，只呆对着这一墙绿叶。

即使没有花，兴趣未尝短少；何况他日开花，将比往年的盛大呢。

晚香玉

◎叶灵凤

　　街上有卖晚香玉的，买了一束回来，插在瓶里，晚风过处，发出一阵阵的幽香，使我想到北方的夏天，北方夏天的晚上。

　　在北方人家的庭院里，尤其是从前那种典型的四合院里，除了金鱼缸之外，所种的花木，总不外是枣树、葡萄、夹竹桃和晚香玉。一年四季之中，庭院里最热闹的自然是夏季。到了傍晚时分，一家老少都洗完了澡，这时便一起坐在廊缘下或是庭院中心来乘凉，摇着芭蕉扇，讲故事，说笑话，闲话家常，可说是一天最轻松闲逸的一刻，也是最愉快的一刻。这时晚香玉的幽香就充满了整个庭院。我想这正是这种白色的小花朵获得这名称的由来。花朵洁白如玉，一到夜晚便幽香沁人，因此，就成了晚香玉。

　　这是北方夏天特有的时花，因此，即使远在这苦热的小岛上，一嗅到了它的那派幽香，就使我想到了北方的夏天，北方夏天的庭院生活。

　　可是，这里的花贩，却称它为玉簪。我想，这正与称洋花"康乃馨"为丁香，称大丽花为芍药一样。若说这里与中原文化有一点隔阂，这才是最明显的证据。就拿晚香玉与玉簪来说，花形、叶形，以及花朵的大小，都是相差很远的，不知何以会混而为一。若说未开的百合花蕾，与玉簪有一点相似，倒还可以说得过去。至于晚香玉,大小与玉簪比起来,实在相差太远了。这里根本没有玉簪,我想一定是由于这个缘故,这才指鹿为马了。

事情很凑巧,说到玉簪,我的墙上正挂着一幅白石老人的玉簪蜻蜓。这还是在老人去世那年,从北京琉璃厂买回来的。画着种在瓦盆里的一棵玉簪。花开得肥大,虽然有一只黄蜻蜓,玉簪的叶子却有一两张有一点黄了,因此,这一定是画初秋的玉簪。

我很喜欢这幅画,因此,当时一见到就立时买下了。虽然后来有人对那一只花盆提出了疑问,说是中国花卉画很少是连盆一起画的。但是我觉得这是白石老人的画,他的作品打破常规的地方真是太多了,若是采用这样拘泥的态度,是很难欣赏他的作品的。

壁上的这一幅玉簪,对于瓶中的晚香玉,正好作了最具体的说明,我真想将街上的那个花贩喊进来,指给他看:这才是玉簪,这乃是晚香玉。

这是在北方怎样也不会发生的事,因此,嗅着它散发出来的幽香,使我愈加想到了北方的夏天,愈加想到了北方夏天的夜晚。

菊花

◎许钦文

　　天气一经秋凉，就又有菊花不时显现在眼前。虽然各样花朵有着许多不同的颜色，我总觉得是黄色的多，这自然是受了古人把菊花称作黄花的影响的缘故。如今在西子湖畔，于菊花会的比赛中，以绿颜色的为最难得而可贵；叠在孤山中山公园里的菊山上，也常以唯一的绿颜色的一盆为顶尖。那花朵是很小的，枝子和叶子都不多；于翠绿的枝叶上，开着翠绿的花，疏疏的几枝，显得非常清秀。成都却有着许多很大的绿菊花；在那里，大家把这种菊花当作普通一般的同样看待，我也只于初见时觉得奇特了一下。

　　在我父亲的花园里，也曾有过"绿菊"；不过那并非真正的绿颜色的菊花，原是月季花的一种，因为花瓣细小，颜色是绿的，很有点像菊花，所以给了这个称呼。这种月季的枝叶也都是翠绿色的，花朵远望不明显；因此，在这种花开放的时候，父亲常常故意提示我们说，"哦！'绿菊'开了！"或者，"哦！这朵'绿菊'开得真好！"

　　父亲固然注意这种月季，每天傍晚到花园里去浇一次水，本是他的日常工作；所以在"绿菊"初开的时候，总是由他发现的。有时他回到家中去报告那初开的"绿菊"的姿态，形容得这样动人，使得不多出门的母亲，也赶到花园里去观赏。

父亲也时常画菊花；在他画了菊花以后，往往对着看他作画的人说："在梅，兰，竹和菊这四种里面，菊花最容易画，因为可以模糊；所以比较起来，品格最低。不过墨菊，要画得好，也很要有点功夫；如果墨菊画得好了，兰草的根也就画得好了。"

　　父亲常常在观赏了蟹爪菊花的姿态以后画勾头兰草，他又常常于画了勾头兰草以后再画墨菊；说是在这两者之间，"运笔"和"晕墨"都有相像的地方。

　　当初元庆也常常画菊花；他也很爱菊花，甚至在别种画的题署上，也常用菊心的别号。他同我的关系，可谓一大半原由于我父亲画菊花。这是一起在学校里读书的时候，一个傍晚，一向很少言谈的元庆，出我意料地突然来到我的面前这样问了我："'天疣子'就是尊大人么？"

　　听了我的肯定的答话，他很高兴了，脸上充满着愉悦的神情。

　　因为，他接着说下去，在一个朋友的扇面上看到了墨菊，淡淡的几笔，很有精神；又在那朋友的家里看到一幅梅花的横屏，都有着"天疣子"写的题署。一打听，知道就是尊大人画的！

　　从此元庆常于课余同我闲谈，随时探询关于我父亲的作画情形。元庆曾经数次到我的家里去参观过我父亲的作品，不过父亲都适在外面，父亲的花园，也早已衰败得只见枯枝和空盆了。

　　等到父亲看到元庆的作品，元庆因为采用西洋画和日本印度图案的方法，已经抛弃了纯粹中国画的形式；父亲看了老是静默着，过了许久才开口这样说："功夫是很深了；可是趣味，和我的很不相同。"

"哦!"踱了几步他又说,"时代改变了,连图画也改变得这样了。"

　　这样说了以后,很是兴奋的样子。父亲晚年不再提笔作画,以前的作品也常常故意毁坏,这一节多少总是有着影响的罢。

　　元庆死后,每到秋间,我往往不知不觉地弄得菊花到他的墓旁去种植;在那元庆园的铁棚门旁,常常发见有整束的菊花安放着。可见往来在那玉泉道上的游旅中,知道元庆爱菊花的尚有其他的友人在。

花

向日葵

◎冯亦代

　　看到外国报刊登载了久已不见的梵高名画《向日葵》,以三千九百万美元的高价,在伦敦拍卖成交,特别是又一次看到原画的照片,心中怏怏若有所失者久之;因为这是一幅我所钟爱的画。当然我永远不会有可以收藏这幅画的家财,但这也禁不住我对它的喜欢。如今归为私人所有,总有种今后不复再能为人们欣赏的遗憾。我虽无缘亲见此画,但我觉得名画有若美人,美人而有所属,不免是件憾事。

　　记得自己也曾经有过这幅同名而布局略异的复制品,是抗战胜利后在上海买的。有天在陕西南路街头散步,在一家白俄经营小书店的橱窗里看到陈列着一幅梵高名画集的复制品。梵高是十九世纪以来对现代绘画形成颇有影响的大师,我不懂画,但我喜欢他的强烈色调,明亮的画幅上带着些淡淡的哀愁和寂寞感。《向日葵》是他的系列名画,一共画了七幅,四幅收藏在博物馆里,一幅毁于第二次世界大战时的日本横滨,这次拍卖的则是留在私人手中的最后两幅之一。当下我花了四分之一的月薪,买下了这幅梵高的精致复制品。

　　我特别喜欢他的那幅向日葵,朵朵黄花有如明亮的珍珠,耀人眼目,但孤零零插在花瓶里,配着黄色的背景,给人的是种凄凉的感觉,似乎是盛宴散后,灯烛未灭的那种空荡荡的光景,令人为之心沉。我原是爱看向日葵的,每天清晨看它们缓缓转向阳光,洒着露珠,是那样地楚楚可怜亦复可爱。如今得了这幅画便把它装上镜框,挂在寓所餐室里。向日葵衬在一片明亮的黄色阳光里,挂在漆成墨绿色的墙壁上,宛如婷婷伫立在一望无际的原野中,特别怡目,但又显得孤清。每天我就这样坐在这幅画的对面,看到了欢欣,也尝到了寂寞。以后我读了欧文·斯通的《生活的渴望》,是关于梵高短暂一生的传记。他只活了三十七岁,半生在探索色彩的癫狂中生活,最后自杀了。他不善谋生,但在艺术上却走出了自己的道路,虽然到死后很久,才为人们所承认。我读了这本书,为他执着的生涯所感动,因此更宝贵他那画得含蓄多姿的向日葵。我似乎懂得了他的画为什么一半欢欣,一半寂寞的道理。

解放了,我到北京工作,这幅画却没有带来;总觉得这幅画面与当时四周的气氛不相合拍似的。因为解放了,周围已没有落寞之感,一切都沉浸在节日的欢乐之中。但是曾几何时,我又怀恋起这幅画来了。似乎人就像是这束向日葵,即使在落日的余晖里,都拼命要抓住这逐渐远去的夕阳。我想起了深绿色的那面墙,它一时掩没了这一片耀眼的金黄;我曾努力驱散那随着我身影的孤寂,在作无望的挣扎。以后星移斗转,慢慢这一片金黄,在我的记忆里也不自觉地淡漠起来,逐渐疏远得几乎被遗忘了。

十年动乱中,我被谪放到南荒的劳改农场,每天做着我力所不及的劳役,心情惨淡得自己也害怕。有天我推着粪车,走过一家农民的茅屋,从篱笆里探出头来的是几朵嫩黄的向日葵,衬托在一抹碧蓝的天色里。我突然想起了上海寓所那面墨绿色墙上挂着的梵高《向日葵》。我忆起那时家庭的欢欣,三岁的女儿在学着大人腔说话,接着她也发觉自己学得不像,便嘻嘻笑了起来,爬上桌子指着我在念的书,说"等我大了,我也要念这个"。而现在眼前只有几朵向日葵招呼着我,我的心不住沉落又飘浮,没个去处。以后每天拾粪,即使要多走不少路,也宁愿到这处来兜个圈。我只是想看一眼那几朵慢慢变成灰黄色的向日葵,重温一些旧时的欢乐,一直到有一天农民把熟透了的果实收藏了进去。我记得那一天我走过这家农家时,篱笆里孩子们正在争夺丰收的果实,一片笑声里夹着尖叫;我也想到了我远在北国的女儿,她现在如果就夹杂在这群孩子的喧哗中,该多幸福!但如果她看见自己的父亲,衣衫褴褛,推着沉重的粪车,她又作何感想?我噙着眼里的泪水往回走。我又想起了梵高那幅《向日葵》,他在画这画时,心头也许远比我尝到人世更大的孤凄,要不他为什么画出行将衰败的花朵呢?但他也梦想欢欣,要不他又为什么要用这耀眼的黄色作底呢?

梵高的《向日葵》已经卖入富人家,可那幅复制品,却永远陪伴着我的记忆;难免想起作画者对生活的疯狂渴望。人的一生尽管有多少波涛起伏,对生活的热爱却难能泯灭。阳光的金色不断出现在我的眼前,这原是梵高的《向日葵》说出了我未能一表的心思。

养花

◎老舍

　　我爱花，所以也爱养花。我可还没成为养花专家，因为没有工夫去作研究与试验。我只把养花当作生活中的一种乐趣，花开得大小好坏都不计较，只要开花，我就高兴。在我的小院中，到夏天，满是花草，小猫儿们只好上房去玩耍，地上没有它们的运动场。

　　花虽多，但无奇花异草。珍贵的花草不易养活，看着一棵好花生病欲死是件难过的事。我不愿时时落泪。北京的气候，对养花来说，不算很好。冬天冷，春天多风，夏天不是干旱就是大雨倾盆，秋天最好，可是忽然会闹霜冻。在这种气候里，想把南方的好花养活，我还没有那么大的本事。因此，我只养些好种易活、自己会奋斗的花草。

　　不过，尽管花草自己会奋斗，我若置之不理，任其自生自灭，它们多数还是会死了的。我得天天照管它们，像好朋友似的关切它们。一来二去，我摸着一些门道：有的喜阴，就别放在太阳地里，有的喜干，就别多浇水。这是个乐趣，摸住门道，花草养活了，而且三年五载老活着、开花，多么有意思呀！不是乱吹，这就是知识呀！多得些知识，一定不是坏事。

　　我不是有腿病吗，不但不利于行，也不利于久坐。我不知道花草们受我的照顾，感谢我不感谢；我可得感谢它们。在我工作的时候，我总是写了几十个字，就到院中去看看，浇浇这棵，搬搬那盆，然后回到屋中再写一点，然后再出去，如此循环，把脑力劳动与体力劳动结合到一起，有益身心，胜于吃药。要是赶上狂风暴雨或天气突变哪，就得全家动员，抢救花草，十分紧张。几百盆花，都要很快地抢到屋里去，使人腰酸腿疼，热汗直流。第二天，天气好转，又得把花儿都搬出去，就又一次腰酸腿疼，热汗直流。可是，这多么有意思呀！不劳动，连棵花儿也养不活，这难道不是真理么？

　　送牛奶的同志，进门就夸"好香"！这使我们全家都感到骄傲。赶到昙花开放的时候，约几位朋友来看看，更有秉烛夜游的神气——昙花总在夜里放蕊。花儿分根了，一棵分为数棵，就赠给朋友们一些；看着友人拿走自己的劳动果实，心里自然特别喜欢。

　　当然，也有伤心的时候，今年夏天就有这么一回。三百株菊秧还在地上（没到移入盆中的时候），下了暴雨。邻家的墙倒了下来，菊秧被砸死者约三十多种，一百多棵！全家都几天没有笑容！

　　有喜有忧，有笑有泪，有花有实，有香有色，既须劳动，又长见识，这就是养花的乐趣。

谈养花

◎凤子

　　到过内蒙古，爬过山，走过草地的，都喜欢带回一束"开不败的花朵"。这是一种白里泛红小瓣的野生花草，生长在野地里，摘回家供养，久久不谢。看起来很像绢制的假花。我很喜欢这花的名字，内蒙古人民真富于想象，这花名也丰富地传达出内蒙人民的希望和对生活的热爱！今天内蒙古，陪伴着"开不败的花朵"的有四季长青树，和各种各色的花，人民的希望已逐步实现了。我面对着"开不败的花朵"，我知道这花不能移植到我的院子里，为了使得"开不败的花朵"不感到寂寞，为了使得我的院子四季都有开不败的花朵，我学着养了点花，正巧，两年前我因病休养了一个时期，养花也养了病，真是一举两得的事。

　　说到养花，住在北京的人多少都有点经验，换句话说，住在北京的人都有这个福分，就是自己不亲手栽培，也不短赏花的机会。四合院房子，无论住在哪个方向，房子外面有廊子，廊子下边就是土。院子里除了备雨天走路的一溜方砖或石块，而外的空地绝少不被利用的。随便走到谁家里，谁家也少不了有棵树，和几棵草本花。许多人家爱栽果树，果树最常见的是枣，其次是核桃、葡萄、海棠果。我最喜欢海棠，春天看花，秋天有果子吃。我不喜欢吃枣，我却喜欢枣树。春末夏初，早晚站在院子里，一阵阵的清香很醉人。最初我还以为是人家家里点藏香呢！说是枣树花香，还以为是哄我。因为枣树很高，枝丫上比桂花还要小许多的小白点似的花，怎样也看不真。枣树干高，枝丫很别致，站远瞭望，像一个瘦骨嶙峋的老人。秋天晚上，有时忽然被一声音响惊醒，醒了茫然半晌，又听下去，一阵风刚扫到低窗，就又听到一点声响，声音是清脆的。原来那熟透了的枣被风吹落到青石砖地上。从那声音听来，枣儿是又肥硕又香脆！如果我还保留一点孩子气，我会在半夜起来到院子里捡枣子吃，尽管我不太爱吃这类果子。

果树诱人之处是谈不完的，还是言归正传谈谈花吧。

北京人家养花，讲究的有牡丹、芍药、丁香、榆叶梅……讲究养花的，四季花开不断，而且每个季节都有名贵的品种。单说养菊吧，不少人家家里有他们自己培养出来的名种，每一品种都给起一个极富有诗意的名儿。每年秋天，我必到养有菊花的人家去串串门儿，既参观了花，又学习了如何养花。

参观学习不但培养了对花的爱好，也增长了不少关于花木的知识。花木都有它们自己天赋的秉性，正如同人都有他的个性一样，一点也委屈不得。浇水就够侍候的，喜潮的不宜干，喜干的水大了麻烦也大了。生了根的花草，隔年就得换盆，如同十五六岁的姑娘还穿着儿时的衣服，又寒伧，又挡不住风寒。要是侍候得不好，就给你来个罢工，不开花！人们辛苦了一场，盼的就是那一点颜色，尽管年年看到，今年的就似乎比往年不同，就这朵也好像和那朵不一样。不开花，或者花开得不欢，的确是一件扫兴的事，自己白忙一阵不说，心里总有点不安，不知道哪一道工序做错了，久久不能释然。

这样同花打交道，似乎要摸着了某些花的性子了吧？那

么总有一两种花侍弄得有点门儿了吧？然而不然。要成为园
艺能手，仅仅有时间、有兴趣是不够的，这也是一门业务，也需
要钻。我呢，学了，也实践了，也就此打住了，就此停留在似懂
非懂的阶段，真正要谈养花，我仍然是个外行，不过，我学习到
的星星点点关于花木的知识，有些却帮助了我增长对生活的
认识。

　　三年前我买了几莞荷包牡丹种在窗前，去年发展得很好，
正开得有意思，偏偏逢上大雨水，人们说水大了要烂根。今年
偏又加上春冻，迟迟不见消息，虽然今年春天来得迟，总嘀咕
这点花是完了。一个傍晚，忽然发现土面裂了缝。人们说，过
了惊蛰，是虫蚁出穴的时候了。我却怀着一点希望，但不好意
思说，因为同院的人虽不都是种花的行家，却比我有经验，他
们说可能冻死，那还有活的希望吗？他们提醒我今后到了冬
天，要倒点炉灰，把地面给煜煜。这提醒是好的，也可惜迟了！
我不抱怨人，我却也不放弃我的希望，我天天在观察，观察土
地的变化，花没有辜负我这一片心，出芽了，棵棵都出了芽！
连最犄角的一棵，很少触到阳光的那一棵的地面也裂了缝，不
几天也出了两分长的芽。它们活着！这个喜讯催得我一天不
知去看多少遍，它们一天一个样，不，它们是一个时候一个样，
红茎绿叶、油光光的，看着就叫人喜欢。它们抵抗了雨水、冰
雪的灾害，比起前两年来，它们活得更健壮、更顽强，也更美！

　　我曾试种过一些攀墙的东西，如葫芦、瓜、牵牛、茑萝
松……前几年都是同院的人帮我种的，今年，我请教了一两位
行家，就自己动手了。我买了一包花籽，等到清明那天，在山
墙脚下挖了一条沟，把花籽撒下。种下之后，正好遇上一场
雨。可是，发芽的不过几棵。我纳闷了，难道说不是每粒种子

都发芽？可不！事实上不可能每粒种子都能发芽。我回想我如何数着种子种着的时候的傻相，不禁好笑。自己不懂应请教行家，到了实践，就不应机械地搬用别人的经验了。机械搬用结果如此！要使得我想象中满墙的绿叶红花，就得多下几粒种子，亲身经验叫我明白了一条道理。我知道，即令明白了这一条道理还不等于没有问题，发芽之后，要它成长起来，开满花，攀满墙头，需要付出多少辛苦！辛苦且不说，早晚浇水，到时候还要剪枝、加肥、牵藤……都得自己亲自来摸索，也就难免不会再犯机械地搬用别人经验的错误。

今年春天来得迟，又加上一场风雪，过了清明，看见桃树长了芽，不几天，有了骨朵，这时候，室内早晚还是阴凉的，为了点缀时令，掐了几枝桃花插在花瓶里。过了两天，树上的桃花先后展开了红红的笑脸，可是屋里的瓶花却青着脸要哭似的。我埋怨剪花时太性急，剪花是为了迎接春天，可是，剪得过早，得不到充足的阳光和温暖，春天的好花却白糟蹋了！几天后，我不忍再看一下那干瘪了的桃枝，我以为我是一片好心，为的催请春光早到，可是这几枝白送掉青春的花儿是不会原谅我的粗暴的好心的。花草有知，必然说：要不受干涉地顺利地生长是多么地不易啊！

或曰：你这不是自我矛盾吗？既然观察出草木有它自发的生命力，有适应环境的能力，怎么又嘀咕人之栽培的不力呢？

不然，留根的花草，要锄也锄不了，可是下种分枝的玩意儿，离不开人的经营，种花是为了美化人的生活环境，要达到赏心悦目的目的，就不能偷懒，就是留根的花草，到时候不是也得修整一下么？栽培花木不是光靠别人经验或是个人兴趣能成事的,栽培必须顺应花木的本性,要给以适于生长的条件。土壤、阳光和水是花都离不了,可是分寸就很难掌握了。道理说来简单,实践起来不定要失败多少次呢。

怎样才能使院子里四季都有开不败的花朵,我的经验还不能回答这个问题。只要不怕失败、肯亲自摸索,亲自摸索出来的经验自必会开花结果的。

花

种花记

◎张秀亚

　　自从搬到这个房子来,我一直以为是跌到了沙漠中——阶上没有一点草青,窗外没有一丝花香。一道挂着几片白云的竹篱,圈住了前后院空漠不毛之地,也圈住了我的寂寞。我抱怨荒冷的环境剥夺尽我最后一点不算奢侈的享受——大自然的美丽。

　　我终日渴望着一抹绿色,一点点象征着生命与活力的颜色。但这宝贵的颜色是借不来的呵,只有自己寻觅吧。

　　跑遍了台中的马路,在一家小店里,以一元的代价,我换来了一个封住生命与绿意的小包——一包花籽。

　　神秘的小纸包给了我多美丽的憧憬呵——纸包上面,印出了皎白、鹅黄、宝石蓝色的秀逸花朵,还附有那么一个怪诗意的名字——"三色堇"。

　　回到家,我立即动手播种这个"美丽的理想"了。在那一片病黄色的后院土地上,我一铲一铲地挖了下去,铲子下面,出现了玻璃碴、碎瓦片,还有一些乌黑的煤屑。"荒瘠的土呵!"我叹息着。挖了寸多深,我便把那凝结着希望与美丽的花籽——几粒像黑芝麻似的种子,埋了进去,"试试你的生命力吧,小东西!"在上面,遍洒了我热情的注视,又遍洒了清凉的水点。

200

每晨起身后,首要的事,便是去探视我的花儿。我怀了无限的温爱,宛如母亲呼唤幼儿起床,向着在清晨空气中微睡着的大地轻呼:"醒来吧,美丽的生命!"在那无边的寂静中,我似感到大地的平匀脉搏和地下小植物微弱的吹息。啊,我第一次经验到这份又兴奋又忐忑的心情。一连几个晴朗酷热的日子,早晨浇过水的土壤,日午便为太阳的火球晒得冒烟,接着又是几天滂沱的大雨,种花的后院又成了一片汪洋,对着那消息沉沉的一方土地,我无言地扼腕徘徊。

　　转眼六天过去了,帮我炊饭的小姑娘,也似窥出了我那份焦灼的心情,七分安慰,三分嘲弄似的说:"我听到人家说,花籽种下去过五天不出芽的话,就没有希望了。"

　　"再等五天看吧,这两天天气太坏了。"我故意乐观地把希望延长,其实暗地里却真为土中那几颗"小黑芝麻"担着心。

　　又过了两天,我怀着绝望的心情来问讯土中的消息,呵,我不禁发出了一声欢呼———一个奇迹出现了:我看到一个身长几乎只有十分之一时的小小勇士,披了两片绿色盔甲,跃出地面。至此,我才明白袁中郎为什么用"如种出土"来形容那盎然的生机了。好个精神奕奕的 Green Knight(绿胄武士)![1]

　　它在外面欣然地茁长着,坐在房中的我,隔了一层窗纱,用幻想为它织出了锦绣前程。我梦着它一天生长高大,渲染美丽了我的院角,我的心灵……至此,我似乎对生命,对美丽,都有了把握。

　　一天下午,我一半夸耀一半报复地向着那小姑娘说(我记

---

　　[1]　Green Knight(绿胄武士),为中世纪叙事诗 *Sir Cawain and the green knight* 中之主角,全身绿色甲胄,骁勇善战。

得她曾揶揄过我呵）："等着吧，这片空地就要变成了顶美丽的花园！"语音未了，耳边送来一阵阵呷呷的声音。一抬头，一群红红酒糟鼻的丑火鸭，正高视阔步地流连在我的"花园"中，小姑娘举起了竹枝扫把，它们才呼啸着摇摆而去！

我的天，我的那些绿胄武士一身披挂没有了，只剩下一段火柴样的根株，由于火鸭的入寇，落得了这凄凉的景况！

看呵，那么一个小小的"光杆儿"，仍然忍耐着骄阳的曝晒，热风的捉弄，面对着不可知的运数，茫然而立，小小脊背挺得笔直，好像是《复归于土》①中那个小女孩黑泽（Hazel）面对着夕阳的崄巇崖谷，她不知道惧怕，因为她太天真纯洁，生气蓬勃！生的戏剧呵，还有比这个再悲壮的吗？

我本来可以为那些初生的幼苗搭起一道篱笆，防止更惨痛的祸事重演，但终因我对这幼芽过分偏爱而变得迹近残忍了："如果你还有蕴蓄在土中的生命力，都拿出来吧，小小壮士，和骄阳、淫雨、丑火鸭战斗吧！"

过了三天，小小的光杆左右果又飞出了新绿的翅膀，可爱得像个小天神，生机经过斫丧却似乎格外丰盈。但因了这"城市"不设防的缘故，又横遭邻家的大母鸡及群雏的摧残，当那个黄昏，我自外面回来，看到那为暴力剪伐得更短的新苗，我第一次流下了眼泪。

怀着惋惜的心情，同时也怀着更多的希望，我回到房内。我相信它仍会长得强大，苗壮伸展出美丽的枝叶，一次次的悲剧的考验，已锻炼出它生命力的强韧！

今天，当那个炊饭的小姑娘告诉我说："种的花儿已打了

---

① 为英国女作家 Mary Webb 的小说集，原名 *Gone to Earth*。

苞"时,我不禁喜极欲狂了。但同时又有一种什么样的感触,好像一条蛇般在我的心中蠕动,使我要悲哭,使我要欢唱。

桂冠诗人丁尼生(Tennyson)曾在一篇序曲里歌赞过:"生命的芽蘖,用了盲目、冲动的力量,向着光明,向着地面顶撞。"神奇的生命力呵,瑰丽的生命力呵!我以为它一点也不是盲目的、冲动的,而是智慧、勇敢、百折不挠的。当我抚摸着枝头那饱满的蓓蕾时,我似看到那年轻美丽的生命女神加冕了。

花园

◎汪曾祺

在任何情形之下，那座小花园是我们家最亮的地方。虽然它的动人处不是，至少不仅在于这点。

每当家像一个概念一样浮现于我的记忆之上，它的颜色是深沉的。

祖父年轻时建造的几进，是灰青色与褐色的。我自小养育于这种安定与寂寞里。报春花开放在这种背景前是好的。它不至被晒得那么多粉。固然报春花在我们那儿很少见，也许没有，不像昆明。

曾祖留下的则几乎是黑色的，一种类似眼圈上的黑色（不要说它是青的）里面充满了影子。这些影子足以使供在神龛前的花消失。晚间点上灯，我们常觉那些布灰布漆的大柱子一直伸拔到无穷高处。神堂屋里总挂一只鸟笼，我相信即是现在也挂一只的。那只青裆子永远眯着眼假寐（我想它做个哲学家，似乎身子太小了）。只有巳时将尽，它唱一会，洗个澡，抖下一团小雾在伸展到廊内片刻的夕阳光影里。

一下雨，什么颜色都郁起来，屋顶，墙，壁上花纸的图案，甚至鸽子：铁青子，瓦灰，点子，霞白。宝石眼的好处这时才显出来。于是我们，等斑鸠叫单声，在我们那个园里叫。等着一棵榆梅稍经一触，落下碎碎的瓣子，等着重新着色后的草。

我的脸上若有从童年带来的红色，它的来源是那座花园。

　　我的记忆有菖蒲的味道。然而我们的园里可没有菖蒲呵？它是哪儿来的，是哪些草？这是一个无法解决的问题。但是我此刻把它们没有理由地纠在一起。

　　"巴根草，绿茵茵，唱个唱，把狗听。"每个小孩子都这么唱过吧。有时什么也不做，我躺着，用手指绕住它的根，用一种不露锋芒的力量拉，听顽强的根胡一处一处断。这种声音只有拔草的人自己才能听得。当然我嘴里是含着一根草了。草根的甜味和它的似有若无的水红色是一种自然的巧合。

　　草被压倒了。有时我的头动一动，倒下的草又慢慢站起来。我静静地注视它，很久很久，看它的努力快要成功时，又把头枕上去，嘴里叫一声"嗯"！有时，不在意，怜惜它的苦心，就算了。这种性格呀！那些草有时会吓我一跳的，它在我的耳根伸起腰来了，当我看天上的云。

　　我的鞋底是滑的，草磨得它发了光。

　　莫碰臭芝麻，沾惹一身，瞎，难闻死人。沾上身子，不要用手指去拈。用刷子刷。这种籽儿有带钩儿的毛，讨嫌死了。至今我不能忘记它：因为我急于要捉住那个"都溜"（一种蝉，叫得最好听），我举着我的网，蹑手蹑脚，抄近路过去，循它的声音找着时，拍，得了。可是回去，我一身都是那种臭玩意。想想我捉过多少"都溜"！

　　我觉得虎耳草有一种腥味。

　　紫苏的叶子上的红色呵，暑假快过去了。

　　那棵大垂柳上常常有天牛，有时一个，两个的时候更多。

花
园

205

它们总像有一桩事情要做，六只脚不停地运动，有时停下来，那动着的便是两根有节的触须了。我们以为天牛触须有一节它就有一岁。捉天牛用手，不是如何困难工作，即使它在树枝上转来转去，你等一个合适地点动手。常把脖子弄累了，但是失望的时候很少。这小小生物完全如一个有教养惜身份的绅士，行动从容不迫，虽有翅膀可从不想到飞；即是飞，也不远。一捉住，它便吱吱扭扭地叫，表示不同意，然而行为依然是温文尔雅的。黑地白斑的天牛最多，也有极瑰丽颜色的。有一种还似乎带点玫瑰香味。天牛的玩法是用线扣在脖子上看它走。令人想起……不说也好。

蟋蟀已经变成大人玩意了。但是大人的兴趣在斗，而我们对于捉蟋蟀的兴趣恐怕要更大些。我看过一本秋虫谱，上面除了苏东坡米南宫，还有许多济颠和尚说的话，都神乎其神的不大好懂。捉到一个蟋蟀，我不能看出它颈子上的细毛是瓦青还是朱砂，它的牙是米牙还是菜牙，但我仍然是那么欢喜。听，嚯嚯嚯嚯，哪里？这儿是的，这儿了！用草掏，手扒，水灌，嚯，蹦出来了。顾不得螺螺藤拉了手，扑，追着扑。有时正在外面玩得很好，忽然想起我的蟋蟀还没喂呐，于是赶紧回家。我每吃一个梨，一段藕，吃石榴吃菱，都要分给它一点。正吃着晚饭，我的蟋蟀叫了。我会举着筷子听半天，听完了对父亲笑笑，得意极了。一捉蟋蟀，那就整个园子都得翻个身。我最怕翻出那种软软的鼻涕虫。可是堂弟有的是办法。撒一点盐，立刻它就化成一摊水了。

有的蝉不会叫，我们称之为哑巴。捉到哑巴比捉到"红娘"更坏。但哑巴也有一种玩法。用两个马齿苋的瓣子套起它的眼睛，那是刚刚合适的，仿佛马齿苋的瓣子天生就为了这种用处才长成那么个小口袋样子，一放手，哑巴就一直向上飞，决不偏斜转弯。

蜻蜓一个个选定地方息下，天就快晚了。有一种通身铁色的蜻蜓，翅膀较窄，称"鬼蜻蜓"。看它款款地飞在墙角花阴，不知甚么道理，心里有一种说不出来的难过。

好些年看不到土蜂了。这种蠢头蠢脑的家伙，我觉得它也在花朵上把屁股撅来撅去的，有点不配，因此常常愚弄它。土蜂是在泥地上掘洞当作窠的。看它从洞里把个有绒毛的小脑袋钻出来（那神气像个东张西望的近视眼），嗡，飞出去了，我便用一点点湿泥把那个洞封好，在原来的旁边给它重掘一个，等着，一会儿，它拖着肚子回来了，找呀找，找到我掘的那个洞，钻进去，看看，不对，于是在四近大找一气。我会看着它那副急样笑个半天。或者，干脆看它进了洞，用一根树枝塞起来，看它从别处开了洞再出来。好容易，可重见天日了，它老先生于是坐在新大门旁边息息，吹吹风。神情中似乎是生了一点气，因为到这时已一声不响了。

祖母叫我们不要玩螳螂，说是它吃了土谷蛇的脑子，肚里会生出一种铁线蛇，缠到马脚脚就断，什么东西一穿就过去了，穿到皮肉里怎么办？

它的眼睛如金甲虫，飞在花丛里五月的夜。

故乡的鸟呵。

我每天醒在鸟声里。我从梦里就听到鸟叫，直到我醒来。我听得出几种极熟悉的叫声，那是每天都叫的，似乎每天都在那个固定的枝头。

有时一只鸟冒冒失失飞进那个花厅里，于是大家赶紧关门,关窗子,吆喝,拍手,用书扔,竹竿打,甚至把自己帽子向空中摔去。可怜的东西这一来完全没了主意,只是横冲直撞地乱飞,碰在玻璃上,弄得一身蜘蛛网,最后大概都是从两椽之间空隙脱走。

园子里时时晒米粉,晒灶饭,晒碗儿糕。怕鸟来吃,都放一片红纸。为了这个警告,鸟儿照例就不来,我有时把红纸拿掉让它们大吃一阵,到觉得它们太不知足时,便大喝一声赶去。

我为一只鸟哭过一次。那是一只麻雀或是癞花。也不知从甚么人处得来的,欢喜得了不得,把父亲不用的细篾笼子挑出一个最好的来给它住,配一个最好的雀碗,在插架上放了一个荸荠,安了两根风藤跳棍,整整忙了一半天。第二天起得格外早,把它挂在紫藤架下。正是花开的时候,我想是那全园最好的地方了。一切弄得妥妥当当后,独自还欣赏了好半天,我上学去了。一放学,急急回来,带着书便去看我的鸟。笼子掉在地下,碎了,雀碗里还有半碗水,"我的鸟,我的鸟呐!"父亲正在给碧桃花接枝,听见我的声音,忙走过来,把笼子拿起来看看,说:"你挂得太低了,鸟在大伯的玳瑁猫肚子里了"。哇的一声,我哭了。父亲推着我的头回去,一面说,"不害羞,这么大人了。"

有一年,园里忽然来了许多夜哇子。这是一种鹭鸶属的鸟,灰白色,据说它们头上那根毛能破天风。所以有那么一种名,大概是因为它的叫声如此吧。故乡古话说这种鸟常带来幸运。我见它们吃吃喳喳做窠了,我去告诉祖母,祖母去看了看,没有说什么话。我想起它们来了,也有一天会像来了一样又去了的。我尽想,从来处来,从去处去,一路走,一路望着祖母的脸。

园里什么花开了,常常是我第一个发现。祖母的佛堂里那个铜瓶里的花常常是我换新。对于这个孝心的报酬是有需掐花供奉时总让我去,父亲一醒来,一股香气透进帐子,知道桂花开了,他常是坐起来,抽支烟,看着花,很深远地想着甚么。冬天,下雪的冬天,一早上,家里谁也还没有起来,我常去园里摘一些冰心腊梅的朵子,再掺着鲜红的天竺果,用花丝穿成几柄,清水养在白瓷碟子里放在妈(我的第一个继母)和二伯母妆台上,再去上学。我穿花时,服伺我的女佣人小莲子,常拿着掸帚在旁边看,她头上也常戴着我的花。

我们那里有这么个风俗,谁拿着掐来的花在街上走,是可以抢的,表姐姐们每带了花回去,必是坐车。她们一来,都得上园里看看,有甚么花开得正好,有时竟是特地为花来的。掐花的自然又是我。我乐于干这项差事。爬在海棠树上,梅树上,碧桃树上,丁香树上,听她们在下面说:"这枝,哎,这枝这枝,再过来一点,弯过去的,喏,哎,对了对了!"冒一点险,用一点力,总给办到。有时我也贡献一点意见,以为某枝已经盛开,不两天就全落在台布上了,某枝花虽不多,样子却好。有时我陪花跟她们一道回去,路上看见有人看过这些花一眼,心里非常高兴。碰到熟人同学,路上也会分一点给他们。

想起绣球花,必连带想起一双白缎子绣花的小拖鞋,这是一个小姑姑房中东西。那时候我们在一处玩,从来只叫名字,不叫姑姑。只有时写字条时如此称呼,而且写到这两个字时心里颇有种近于滑稽的感觉。我轻轻揭开门帘,她自己若是不在,我便看到这两样东西了。太阳照进来,令人明白感觉到花在吸着水,仿佛自己真分享到吸水的快乐。我可以坐在她常坐的椅子上,随便找一本书看看,找一张纸写点甚么,或有

花

心无意地画一个枕头花样,把一切再恢复原来样子不留甚么痕迹,又自去了。但她大都能发觉谁来过了。到第二天碰到,必指着手说:"还当我不知道呢。你在我绷子上戳了两针,我要拆下重来了!"那自然是吓人的话。那些绣球花,我差不多看见它们一点一点地开,在我看书做事时,它会无声地落两片在花梨木桌上。绣球花可由人工着色。在瓶里加一点颜色,它便会吸到花瓣里。除了大红的之外,别种颜色看上去都极自然。我们常以骗人说是新得的异种。这只是一种游戏,姑姑房里常供的仍是白的。为甚么我把花跟拖鞋画在一起呢?真不可解。——姑姑已经嫁了,听说日子极不如意。绣球快开花了,昆明渐渐暖起来。

花园里旧有一间花房,由一个花匠管理。那个花匠仿佛姓夏。关于他的机伶促狭,和女人方面的恩怨,有些故事常为旧日佣仆谈起,但我只看到他常来要钱,样子十分狼狈,局局促促,躲避人的眼睛,尤其是说他的故事的人的。花匠离去后,花房也跟着改造园内房屋而拆掉了。那时我认识花名极少,只记得黄昏时,夹竹桃特别红,我忽然又害怕起来,急急走回去。

我爱逗弄含羞草。触遍所有叶子,看都合起来了,我自低头看我的书,偷眼瞧它一片片地开张了,再猝然又来一下。他们都说这是不好的,有甚么不好呢。

荷花像是清明栽种。我们吃吃螺蛳,抹抹柳球,便可看佃户把马粪倒在几口大缸里盘上藕秧,再盖上河泥。我们在泥里找蚬子,小虾,觉得这些东西搬了这么一次家,是非常奇怪有趣的事。缸里泥晒干了,便加点水,一次又一次,有一天,紫红色的小觜子冒出来了水面,夏天就来了。赞美第一朵花。荷叶上

210

哗啦哗啦响了，母亲便把雨伞寻出来，小莲子会给我送去。

大雨忽然来了。一个青色的闪照在槐树上，我赶紧跑到柴草房里去。那是距我所在处最近的房屋。我爬上堆近屋顶的芦柴上，听水从高处流下来，响极了，訇——，空心的老桑树倒了，葡萄架塌了，我的四近越来越黑了，雨点在我头上乱跳。忽然一转身，墙角两个碧绿的东西在发光！哦，那是我常看见的老猫。老猫又生了一群小猫了。原来它每次生养都在这里。我看它们攒着吃奶，听着雨，雨慢慢小了。

那棵龙爪槐是我一个人的。我熟悉它的一切好处，知道哪个枝子适合哪种姿势。云从树叶间过去。壁虎在葡萄上爬。杏子熟了。何首乌的藤爬上石笋了，石笋那么黑。蜘蛛网上一只苍蝇。蜘蛛呢？花天牛半天吃了一片叶子，这叶子有点甜么，那么嫩。金雀花那儿好热闹，多少蜜蜂！波——，金鱼吐出一个泡，破了，下午我们去捞金鱼虫。香橼花蒂的黄色仿佛有点忧郁，别的花是飘下，香橼花是掉下的，花落在草叶上，草稍微低头又弹起。大伯母掐了枝珠兰戴上，回去了。大伯母的女儿，堂姐姐看金鱼，看见了自己。石榴花开，玉兰花开，祖母来了，"莫掐了，回去看看，瓶里是甚么？""我下来了，下来扶您。"

槐树种在土山上，坐在树上可看见隔壁佛院。看不见房子，看到的是关着的那两扇门，关在门外的一片田园。门里是甚么岁月呢？钟鼓整日敲，那么悠徐，那么单调，门开时，小尼姑来抱一捆草，打两桶水，随即又关上了。水东东地滴回井里。那边有人看我，我忙把书放在眼前。

家里宴客,晚上小方厅和花厅有人吃酒打牌(我记得有个人吹得极好的笛子)。灯光照到花上,树上,令人极欢喜也十分忧郁。点一个纱灯,从家里到园里,又从园里到家里,我一晚上总不知走了无数趟。有亲戚来去,多是我照路,说哪里高、哪里低,哪里上阶,哪里下坎。若是姑妈舅母,则多是扶着我肩膀走。人影人声都如在梦中。但这样的时候并不多。平日夜晚园子是锁上的。

　　小时候胆小害怕,黑魆魆的,树影风声,令人却步。而且相信园里有个"白胡子老头子",一个土地花神,晚上会出来,在那个土山后面,花树下,冉冉地转圈子,见人也不避让。

　　有一年夏天,我已经像个大人了,天气郁闷,心上另外又有一点小事使我睡不着,半夜到园里去。一进门,我就停住了。我看见一个火星。咳嗽一声,招我前去,原来是我的父亲。他也正因为睡不着觉在园中徘徊。他让我抽一支烟(我刚会抽烟),我搬了一张藤椅坐下,我们一直没有说话。那一次,我感觉我跟父亲靠得近极了。

　　　四月二日。月光清极。夜气大凉。似乎该再写一段作为收尾,但又似无须了。便这样吧,日后再说。逝者如斯。

花殇

◎从维熙

　　去年底，家乡父老送来了一盆开着三色杜鹃的花树，说是祝贺年节的礼物。按说我是不该接受这盆花的。我是个爱花养不活花儿的人，昔日许多名贵花卉，如君子兰、龟背竹、南方橘、无花果……都夭折在我的疏忽之中。因而楼里有一个养花老者，送了我一个"百花杀手"的雅号。试想，一个戴着这顶帽子的人，面对着来自故土的名贵花草，心里忐忑不安是可想而知的。但是乡情浓于酒，我血管里流着的血液，与乡亲们来自同一个河流；我的肌肤与骨骼，与他们同铸于冀东的大山山麓——我能推却一切赠予，却无法冷却魂梦萦绕的乡情。所以我收下了那盆花树，并向乡亲们询及了养好这盆花的技能。待乡亲们走了，我立刻把这盆杜鹃，摆在了书房向阳的窗台——因为乡亲们说了，这花不能没有阳光的照射。在冬日的阳光下，这盆花树确实很美。出自于园艺高手嫁接之功，三个花枝上接出三色花朵：浅红的花瓣，如少女轻施粉黛；深红的花蕾，艳如时尚模特嘴上的唇膏；那紫红色的花冠，娇如古典美人头上夺目的钗环。如果以文学中的各种"主义"来解析她，她包容了古典、现实和梦幻般的先锋色泽。童年我是在家乡度过的，童真的梦境中曾无数次地出现过花河、花船、花树、花花媳妇、花花轿子、花花房子……但那都是孩提时的童梦，那梦像是万花筒一般,萦绕于子夜的鸡啼声中。但那些幻影中的海市蜃楼,离我的乡土十分遥远。我的故园在河北玉田,县志中记载县名来源于晋时一仙翁在山上"种石成玉",故而得名玉田。但这只是神话传说,家乡几十万父老乡亲,没有一个人从地里挖出过一块玉石来的记录。儿时,我像头小马驹一般奔跑嬉戏于她的胸腹峰谷之间时,也从没有捡到过一块透明的石头。山坡上倒是有一些林木果园,但是无论是什么果树上结下的果子,都酸涩得能让人流出眼泪。因而这棵三色花树,不仅让我想到文苑百景,还让我想到非文学的历史经纬。家乡几十万人过去都忙于糊口,没有培植花木美化生活的人,现时家乡的花草,已然摆进了星级饭店。

因为这盆花树似梦而又非梦,我想我该把这盆花树养好。写作之余,给这棵花树浇水,成了我的特定工作。一天,出版社的一位朋友来谈书稿问题,看见了这盆三色花树,赞不绝口之余,惊异地看看我说:"你进步不小,过去你是不养花的;冬天你倒是有一盆花,好像是'死不了'。"我说那不是我有意养的花,有一天不知从哪儿飞来几颗花籽,落在我一个花盆里,那个枯干的花盆里的土块,都干裂成一道道口子,她还是开出一簇簇小白花。我历经九难而不死,"死不了"与我有缘分,找我做伴来了,她不需要浇水,也不需要施肥。堪称是我的生命花。我说我天生不是护花使者,怕是养不好新来的这三色"小姐";因为这花是家乡来的,我也只好舍命陪"美人儿"了。

那位友人笑了好一阵子,辞行前对我说:"但愿人长久,千里共婵娟。"

"我细心照顾她就是了,右派的铁帽能摘,'百花杀手'的帽子,大概也能摘掉!"

这三色"小姐"像是有意考验我似的，第二天我从写作间过来看花时，把我吓了一跳：绽开于满树的花，出现了两极分化，一部分花儿亭亭玉立，另一部分花儿变成了坠地残红。我不知道这是因为什么，水是按时浇的，肥是按时施的；为了给它增加养料，我还把一筒啤酒浇在花盆里。情急之下，我找来了楼里的养花老人，他围着花盆转了转，对我说道："真是造孽，浇啤酒要先放走酒气，你是不是打开筒盖就倒进花盆了？"

"是啊，家乡人告诉我要浇些啤酒的。连那些啤酒，也都是乡亲带来的。"说过这话以后，我的脸便红涨起来，我记得乡亲告诉过我，家乡的"豪门"啤酒酒精含量 12 度，浇花前必须先打开筒盖晾晒一天。

我又错了！过去那些名花，死于我的疏忽，这次我又重复了改不了的错误。

晚上，我十分内疚地再一次来看望她。仔细观察一番以后，也不无新的发现。那些片片残红，固然使我心悸，但是那些正沉浸在酒醉之中的花儿，却另有一番情致。那三色花中原本是浅粉色的花朵，变成了深红色；原本是深红色的花瓣，魔幻般地变成了紫红色；原本是紫红色的花冠，狂癫的情态像是贵妃醉舞霓裳……真有意思，人醉失态，花儿醉了比人醉酒，显得可爱得多。这不是歪打正着吗？如果没有我的这次的孟浪之举，这些花儿何以会有贵妃醉舞、湘云醉卧似的娇嗔！

我的心醉了。待我从奇思中清醒过来时，终于意识到了花儿的这种醉态，只有瞬间，而无永久——它犹如人生最后的一次回光返照，在临终前都有短暂时间恍如还童一般。那花盆中的片片残红，或许就是这些醉花的未来归宿。

花
殇

　　我很沮丧。我是真心想养好这盆三色杜鹃花的，但是到头来还是无法摘去"百花杀手"的帽子。趁这棵花树也许还有可能起死回生，我将花树送给了喜欢养花的亲友。我特意叮咛来取花的亲友说："我这辈子算是与养花绝了缘分，因为这是我家乡的花，请你们格外珍惜。如果她能活过来，请竭尽全力把她养好。"

敬　　启

　　因为某些技术上的原因,致使本书的个别作者尚未能联络上。敬请见书后,即与责任编辑联系,以便我们及时奉上样书与薄酬,并敬请见谅。